비평가가 뽑은
2013 한국의 좋은 수필

박양근 · 방민호 · 신재기 편

서정시학

박양근

수필가, 문학평론가. 현 부경대학교 영문과 교수. 한국문인협회, 한국펜클럽회원. 『월간에세이』로 수필 천료, 『문학예술』에 문학평론 등단. 현재 영남수필학회장, 부경수필아카데미전임교수. 구름카페문학상, 신곡문학대상, 제17회 수필문학상 등 수상

수필집으로는 『길을 줍다』 『서 있는 자』 『문자도』 『작은 사랑이 아름답다』 『풀꽃처럼 불꽃처럼』, 저서로는 『사이버리즘과 수필미학』 『좋은 수필 창작론』 『미국수필 200년』 등 다수.

방민호

1965년 충남 예산출생. 시인, 문학평론가, 서울대 국문과 교수

시집으로 『나는 당신이 하고 싶은 말을 하고』와 저서로는 『감각과 언어의 크레바스』, 『일제말기 한국문학의 담론과 텍스트』, 『백석 시 읽기의 즐거움』(편저) 등.

신재기

1956년 경북 의성 출생. 문학평론가, 수필가, 경일대학교 교수.

1990년 『매일신문』 신춘문예 평론, 대구문학상/신곡문학상 수상,

비평집으로 『비평의 자의식』, 『여백과 겸손』, 『수필과 시이버리즘』, 『수필과 시의 언어』. 산문집으로 『언어의 무늬와 빛깔』, 『침묵의 소리를 듣는다』, 『나는 계획한다, 분서를』, 『경산 신아리랑』, 『프라이버시의 종말』 등.

비평가가 뽑은
2013 한국의 좋은 수필

◈ 머리말 ◈

　활자의 시대, 책의 시대는 내리막길에 접어들었다. 문학의 죽음을 운운하기 시작한 것은 벌써 20세기 후반기부터다. 컴퓨터와 스마트폰으로 대표되는 디지털 정보 환경은 구텐베르크 이후 육백 년을 이어온 책과 문학을 우리 문화의 중심에서 밀어내고 있다. 대학에서 개설된 문학 관련 강좌는 폐강되기가 일쑤다. 정치와 경제 앞에 문학을 입에 담는 것은 불순하거나 정신 나간 사람의 일로 취급당한다. 그런데 수필은 이런 문학의 불황을 비켜나 있다고 한다. 정말 그런지 입증하려면 실증적인 분석이 뒤따라야 할 것이고, 실제로 그렇다면 그 이유는 여러모로 분석해 봐야 할 일이다. 하지만 수필 전문 문예지, 수필 동인지, 각종 수필창작 강좌는 갈수록 늘어나는 점을 쉽게 확인할 수 있다. 은퇴한 베이비붐 세대 남성들은 자신의 힘들었던 과거를 수필 쓰기를 통해 추억하고, 가정 살림과 자식 교육으로 자신을 돌아보지 못했던 장년의 주부들은 문학소녀의 꿈을 실현하고자 수필판을 찾는다. 수필은 디지털시대 문학의 총아로 떠올랐고, 대중문화의 건실한 기수로서 해야 할 역할을 활발하게 수행하고 있다.

　2000년대에 들어와 수필이 대중적 글쓰기로 부상하여 호황을 누리고 있으나 한편으로는 적잖은 문제를 드러낸다. 그 중 하나가 각 수필 전문지를 중심으로 형성된 분파주의다. 현재 한국 수필 문단에는 서른여 개에 육박하는 수필 전문 잡지가 각양각색의 모습을 보여준다. 군웅할거의 시대다. 물론 이들은 현재 한국 수필문학의 활성화를 이끄는 주역임이 틀림없다. 오늘 우리의 수필이 대중적인 문학으로 자리 잡고 수필의 양적 팽창과 질적 발전을 가져올 수 있었던 것도 이들의 역할이 컸기에 가능했다. 여러 가치가 공존하는 시대인 만큼 저마다의 개성을 가진 잡지나 분파들이 다양하게 활약하는 것은 바람직하다. 하지만 대부분 자신만의 성벽을 견고하게 쌓고 외부와의 소통에 소극적이다. 겉으로는 다양한 모습을 보이는 것 같으나 들여다보면 움직이는 시스템이 엇비슷하다. 자기만의 차별성을 확보하지 못했기 때문에 성문을 굳게 잠그는지도 모른다. 여기에다가 지역마다 소규모 동인 그룹의 활동도 폐쇄적이다. 오늘날 수필의 분파주의나 지역주의는 갈수록 경색된 국면으로 치닫고 있는 것 같다.

현재 우리 수필 문단에는 분파주의와 지역주의를 극복하고 전체를 아우르는 직입이 필요하다. 각자 자신의 울타리를 치고 외부와의 소통에 소극적인 분파와 그룹이 서로 왕래할 수 있는 통로와 제도 마련이 절실히 요구된다. 서로 교류하고 소통해야 모두가 발전할 수 있다. 외부와 접촉하여 배움으로써 나의 체질이 튼튼해지는 법이다. 각자의 영역 안에서 수성에 급급해 하는 배타적이고 편협한 태도는 빨리 청산해야 한다. 당사자들이 이렇게 하기에는 현재 상황으로는 한계가 있다. 특히, 분파들은 경쟁과 시기의 구도 속에 놓여 있기 때문에 자발적으로 협력과 소통을 이루어내기가 어렵다. 그래서 제삼자가 나서 이 임무를 맡는 것이 효율적이다. 구체적인 방법은 다양할 것이므로 뜻있는 사람들이 창의적인 기획을 시도해야 할 것이다. 올해의 좋은 작품을 선정하여 이 책에 담아내는 까닭도 여기에 있다. 수필 문단의 분산된 역량을 통합하여 새로운 패러다임에 접어든 한국 수필문학을 재정립하는 데 조금이라도 이바지하고자 출발한 것이다. 방향이 다른 시도도 활발하게 이루어지기를 기대해 본다.

'2013 한국의 좋은 수필' 선정 작업은 작년에 이어 두 번째다. 작년에 처음으로 작품집이 출간되었을 때 다양한 의견과 이야기가 있었다. "참신한 기획이다, 좋은 작품을 한자리에서 읽을 수 있어 좋았다, 수필창작 공부를 하는 데 많은 도움이 되었다." 등과 같은 긍정적으로 평가도 많았다. 반대로, "공정하지 못하고 편파적이다, 발표된 지 오래된 작품을 수록했다, 수준이 떨어지는 작품도 있다." 등 부정적인 반응도 있었다. 일 년 간 수많은 매체에 발표된 작품을 총망라한 가운데 몇 편의 좋은 작품을 엄선하는 일은 무척 어렵다. 어쩌면 평가의 공정성과 객관성을 완벽하게 실현하기란 불가능할지 모른다. 완벽히 투명한 심사 기준은 존재하지 않는다. 심사에는 심사자의 주관적 관점이 작용할 수밖에 없다. 만약 선정자의 사심과 기획 주최의 상업성이 노골적으로 작동했다면, 그것은 비난받아 마땅하다. 작년에는 처음 시도라 몇 가지 오류가 있었다. 경제적인 손실이 만만찮았는 데도 올해도 밀고 나가는 이유는 한국수필의 질적 향상을 위해서는 공정한 비평 작업이 이루어져야 한다는 소신 때문이다.

2012년 일 년 간 수필 전문지에 발표된 작품을 선정 대상으로 삼았다. 특별한 사정으로 이 기준을 벗어난 작품이 한두 편 있다. 선정 위원이 각자 분담한 잡지의 작품을 읽고 일차 150여 편을 골랐다. 이를 다시 세 위원이 함께 읽고 숙의하여 2차로 50편을 선정했다. 40~45편을 수록하기로 하고, 작가와 연락하는 가운데 조정하여 최종 44편을 결정했다. 선정 대상을 수필 전문지로 제한한 점이 아쉽다. 종합문예지, 지역문학단체 기관지, 동인지 등에도 좋은 작품이 많이 발표되고 있는데, 여기까지 힘이 닿지 못했다. 그리고 '산문'이란 이름으로 발표되는, 수필가 아닌 문인들의 작품도 아주 일부만 포함했다. 이들도 자신의 산문을 '수필'이란 이름으로 기꺼이 부르기를 희망한다. 선정의 명시적인 기준을 정하지는 않았으나 우선했던 점은 작품이 독자에게 주는 정서적 감동이었다. 즉, 독자와 편하게 소통할 수 있는 작품에 무게를 두었다. 각 작품의 이해를 돕는 뜻에서 선정 위원 세 사람이 150자 내외의 간략한 작품평설을 붙였다. 이 평설은 일정 부분 작품 선정의 근거이면서 감상의 포인트라고 할 수 있다.

문학은 작가와 독자의 상호소통을 전제한다. 그런데 디지털 시대에 들어와 문학 생산과 소비는 균형을 잃어가고 있다. 생산하는 작가는 늘어나는데, 작품을 수용하는 독자는 점점 줄고 있다는 말이다. 문학이 힘을 잃어가는 것도 이 같은 기이한 구조 변화에 연유한다. 이것이 대세이니 어쩔 수 없다면 할 말이 없다. 그러나 손 놓고 있어서는 곤란하다. 수필가는 좋은 작품을 쓰기 위해서는 우선 다른 수필가의 작품을 열심히 읽어야 한다. 수필 자체를 사랑하고 애정을 가지고 남의 작품을 읽을 때 좋은 수필가가 될 수 있다. 수필은 우리 일상의 잔잔한 의미를 건져 올리는 글쓰기다. 짧은 길이의 수필에서 심오한 사상이나 순수한 심미성을 기대하는 것은 무리다. 우리는 수필을 통해 서로의 평범한 일상사를 공유하면 충분하다. 관심과 애정을 가지고 다가가면 수필은 좋은 이야기를 들려준다. 작품을 읽고 작가의 생각과 느낌을 따뜻한 마음으로 받아들이는 가운데 내 삶의 의미도 풍성하게 가꿀 수 있다. 많은 독자가 여기 수록된 작품을 통해 자신의 아름다운 영혼을 가꾸는 데 보탬이 되기를 기대해 본다.

2013년 4월
선정위원 : 박양근, 방민호, 신재기

차례

머리말 / 5

작가와 작품출전 / 229

1부 아픔을 껴안고 활짝 웃는

회색세계에서 내가 기다리는 이—김애양 / 15

저것은 국화—이근화 / 19

고독의 조건—이혜현 / 22

질경이 웃다—송혜영 / 26

귀지 파는 아내—곽흥렬 / 31

꽃이 피거나 지거나—허창옥 / 36

남향집—윤정혁 / 40

몸이 말을 걸다—장영숙 / 45

롱비치 마라톤에서 했던 생각—하정아 / 50

2부 나에게 가장 성실한 나

페르소나―강기석 / 59
오해-똑똑한 여자―박헬레나 / 64
보스톤에서의 아침 산책―송하춘 / 68
깐깐이를 갈아엎은 무덤덤이―권신자 / 73
꼬마 뚝배기―왕　린 / 78
목리문―이기창 / 81
누름돌―최원현 / 85
아버지의 손―박종철 / 90
물의 느낌―이고운 / 95

3부 웃다가 병든 사람들

갑과 을―정성화 / 101
무―이은희 / 105
물방개의 변―전민 / 109
땡감설―조후미 / 115
낙엽주 특강―반숙자 / 119
촛불 제사―구활 / 123
나는 엉덩이를 좋아한다―임만빈 / 127
종지기의 수박―이귀복 / 131
책상에 오른 뱀―박정희 / 136

4부 세월은 힘이 세다

세월은 힘이 세잖아!—조헌 / 143

그래야 할 때—신성원 / 148

꽃구경—김지수 / 153

빵굽는 아침—한경선 / 158

고래 두 마리—김은주 / 162

얘, 너 그거 아니?—이완주 / 167

겨울, 자작나무 숲에 들다—심선경 / 171

바다에서 강물을 만나다—김정화 / 176

5부 못난이 백서

내 앞의 문—성낙향 / 183

못난이 백서—노정숙 / 188

황금비늘—남태희 / 193

삽생이—맥남오 / 197

우렁각시—김영자 / 201

문, 그리고 56.5 degrees—윤남석 / 207

불안과 나는 한통속—정경희 / 215

노을이 지던 날—고윤자 / 220

마을 주막집—김기동 / 224

1부 아픔을 껴안고 활짝 웃는

회색세계에서 내가 기다리는 이 / 김애양
저것은 국화 / 이근화
고독의 조건 / 이혜연
질경이 웃다 / 송혜영
귀지 파는 아내 / 곽흥렬
꽃이 피거나 지거나 / 허창옥
남향집 / 윤정혁
몸이 말을 걸다 / 장영숙
롱비치 마라톤에서 했던 생각 / 하정아

회색세계에서 내가 기다리는 이

김애양

　환자는 병원을 고르거나, 의사를 바꾸기도 하지만 거꾸로 의사에겐 환자를 선택할 자유가 없다. 우리가 세상에 태어날 때 부모를 선정하지 못하는 것처럼 찾아오는 환자는 무조건 맞아야 한다. 만일 의사에게도 환자를 고를 권한이 주어진다면 어떨까?
　"내 능력으로는 당신을 못 고치겠으니 더는 오지 마시오." 어느 정신과 개업의는 이런 말을 자주하다가 결국 병원 문을 닫았단다. 이렇게 진료 거부를 하면 히포크라테스 선서를 어기는 꼴이므로 의사의 자격이 없어질 뿐더러 망하는 지름길이 되는가 보다.
　오늘도 진료실에 앉아 나는 어떤 환자가 찾아오길 바라는지 곰곰 생각해 본다. 인사를 잘 하고 나를 추켜세우거나 깊은 신뢰를 표현하는 그런 이들만 기다리는 것일까? 아니다. 일상이 너무 무료해 다소 독특한 환자를 기대하는지 모른다. 자연 유산이 되어 발걸음마다 피를 뚝뚝 흘리며 배를 움켜쥐었던 이가 내 처치로 삽시간에 완쾌될 때 기쁘다. 그처럼 극적인 상황에 큰 보람을 느끼며 우쭐해한다. 가장 활기가 솟을 땐 교과서에 한 줄밖에 소개되지 않는 희귀한 환자를 발견했을 때이다. 그럴 땐 흥분에 싸여 멀리 있는 동료에게까지 진료 내용을 떠벌이곤 한다. 내 실력을 유감없이 발휘할 만큼 많이 아픈 환자도 좋고, 내 애정을 담뿍 덜어줄 수 있는 곤궁한 처지의 환자도 좋다. 외국인 거주자라던가 트랜스젠더, 장애인 등등 소외된 '타자'(他者, l'autre)에게 더 많은 관심이 가는 걸 어쩔 수 없다. 치료자에겐 환자가 예쁘다거나, 착하다거나, 풍요롭다거나, 공부를 잘했다거나, 지위가 높다거나, 성취감이 높다는 등의 조건은 하나도 중요하지 않다. 세상 잣대와는 상관없이 더 많이 아플수록 더 많은 대접을 받는 진료실은 세속과 동떨어진 '회색세계'인 것이다.

그렇다면 나는 어떤 환자가 가장 싫은 것일까? 돈이 없어 남루한 사람? 씻지 않아 더러운 이? 돈이 많거나 적거나를 떠나 인색한 사람? 쉽게 낫지 않는 중환자? 내 말을 따르지 않아 치료가 되지 않는 난치환자? 아니면 나보다 월등히 높은 처지를 자랑하는 이?

이른 아침부터 술에 취해 오거나 언니란 호칭이 입에 붙어 나조차 언니라고 부르는 환자들은 오히려 귀엽다. 그보단 두 눈에 불신의 빛을 가득 담은 사람이 그 어떤 치료로도 좋아지지 않으리란 절망감을 느끼게 할 때 나는 이내 좌절하고 마는 것이다. 아프다는 근심 속에 푹 빠져서 자기 말만 하는 사람, 서로 마주보고 있으면서도 상대의 말엔 귀 기울이지 않는 이를 어떻게 예뻐하란 말인가?

내가 초보의사였을 때에는 환자에게 설명하는 일이 가장 어렵고 두려웠다. 당직이나 수술은 얼마든지 감내할 수 있었지만 환자와 대화를 나누는 일, 그 중에서도 보호자를 만나는 시간이 특히 꺼려졌었다. 내 의학지식을 그들이 잘 이해하지 못하는 것이었다. 두 눈에 '이렇게 어린 의사가 어떻게 병을 고친담' 하는 무시를 담고 내려다보기 때문에 곧잘 위축되곤 했다. 돌이켜보면 그땐 내가 병만 알고 사람을 몰랐기 때문에 그들을 이해시키지 못했을 것이다.

개원 초엔 좋은 환자와 싫은 환자의 분별도 열심히 했다. 아주 작은 일에 말꼬투리를 잡는 이들을 감당하기 어려웠기 때문이었다. 다시 보고 싶지 않은 환자는 차트에다 하트를 그려두곤 했는데 그건 말이 많다는 뜻의 입술을 하트 모양으로 상징한 것이었다. 차트에 하트가 달린 환자는 더 신경을 써 주거나 아예 사무적인 태도로 대함으로써 말문을 원천봉쇄하곤 했던 것이다.

반면에 만날 때마다 기분 좋은 사람은 따로 있다. 첫눈에 남들과 퍽 달랐던 환자의 이야기를 하고 싶다. 머리는 희끗희끗하고 이마에 골 깊은 주름이 패여 있어도 동그란 얼굴에서 환한 빛이 나는 어떤 아주머니이다. 미소 가득한 그 얼굴은 볼 때마다 반가움을 불러일으켰다. 가벼운 염증이 나 갱년기 호르몬제 처방을 받으러 내원했지만 마치 내게 좋은 기운을 전해주러 온다고 느낄 만큼 그 분의 방문이 좋았다. 한 2년 쯤 지난 후일까? 어느 날 기어코 내가 물어보았다.

"아주머니에겐 근심이라곤 조금도 없지요?"

그 얼굴이 주는 평화로움의 근원이 궁금하기 짝이 없어서였다. 그 분은 크게 웃으며 손사래를 쳤다. 남의 속 모르는 소리는 하지 말라고.

신혼 때 공무원인 남편을 따라 외진 시골로 내려갔단다. 건강한 아들을 낳았는데 그 아이가 네 살 되어 심한 열병에 걸렸다. 가까이에 병원이 없어 이불로 꽁꽁 싸매주었더니 아이는 밤새 경기를 일으

컸다. 그때 머리가 상한 아이는 지능이 정지되어 37세의 청년이 되었어도 네 살배기의 삶을 산다는 것이었다.

"선생님께도 보여드리고 싶네요. 얼마나 훤칠하게 잘 생겼는지."

체격이 크고 인물도 좋지만 무엇보다 사랑스러운 건 결코 때 묻지 않는 아들의 마음씨란다. 치료를 해보려고, 교육을 시켜보려고 온갖 노력을 쏟아 붓는 동안 아주머니는 인생 공부를 너무 많이 했기 때문에 이젠 삶에 초탈해졌다고 말했다. 다만 자신이 죽고 난 후에 아들이 어떻게 살아갈지 걱정이라며 잠깐 한숨을 내비쳤다.

사연을 듣고 보니 물어 본 내가 미안해졌다. 사람을 성숙하게 만드는 건 시련이란 생각이 들었다. 세상에 아프지 않은 이가 어디 있으랴. 내가 좋아하는 환자는 아픔을 가졌으되 그 아픔을 껴안고 활짝 웃는 사람이다.

―『수필과 비평』 11월

998년 『책과 인생』 등단, 제4회 남촌 문학상 수상.

촌평

의사인 화자는 진료소의 공간을 회색세계라고 말한다. 어떤 환자든 공평하게 대해야 하지만, 의사로서 더 기다려지는 환자가 있다. "아픔을 가졌으되 그 아픔을 껴안고 활짝 웃는 사람"이라고 한다. 아픔을 두고 환자와 의사 사이의 인간적인 소통을 생각하게 한다. 작품의 분위기가 매우 따뜻하다.

저것은 국화

이근화

아파트 뒤편에 국화를 가꾸는 할머니에 관한 시를 쓴 적이 있다. 국화는 탐스럽고 아름다웠지만 꼭 그래서가 아니라 할머니의 도도함, 가령 내 인사 같은 건 잘 받아주지 않는 차가움 때문이었다. 국화를 닮은 할머니가 나는 좋았다. 후배의 아버지는 방 안 가득 새를 키운다. 그 방에는 아버지의 출입만을 반기는 시끄럽고 냄새 나는 새들이 가득할 것이다. 나는 일주일에 두 번씩 요가를 하러 가는데 오늘은 심란해서 호흡이 자꾸 엉켰다. 한두 가지 취미를 가지고 있는 평범함이 일상을 유지하는 데 아주 중요하다는 것을 알게 된 것은 삼십대에 들어서였다. 때로는 사람들의 기이한 습관이나 열망까지도 이해가 갔다. 미니어처를 수집하는 사람도 있고, 이소룡 추리닝을 꿈꾸는 직장인도 있다. 그들 삶의 고단함을 굳이 아는 척하지 않고 평범하게 인사를 건넨다. 안녕하세요, 하고.

영하의 추위 속에서 연하장이, 초대장이, 부고가 날아들고는 한다. 오랜 연애 끝에 후배가 결혼을 하고, 간간히 나도 사람들에게 신년 인사를 건넨다. 어린것의 고열과 노부모의 혈압이 걱정이다. 나가수에서 바비킴이 탈락하여 신경질이 났다. 김정일이 죽었고 김근태도 죽었다. 다음 한반도 정치 체제와 동아시아 국제 관계의 변화에 대한 전망이 쏟아지지만 낙관적 전망은 쉽게 찾아보기 어렵다. 나꼼수의 폭발적인 반응에도 불구하고 경제적 위축과 불투명한 전망은 정치적 감성을 위축시키는 것 같다. 일상의 안녕에서 경조사까지, 개인의 취향에서 새로운 체제의 출범까지 우리의 24시간은 여러 고민들로 빡빡하게 채워진다. 울컥 날아드는 믿음이 있는가 하면 질기게 따라붙는 불신에 몸을 떨기도 한다. 장바구니의 경제만큼이나 비경제적인 기분과 감정들 한가운데 우리가 있는 것 같다. 마음 둘 것을 잃어버린 채 떠돌면서, 하루가 언제 어떻게 끝장날지도 모르면서 말이다. 국화가 절개와 의지의 상징이라면 국화의 시대는 여러모로 지나버린 것이다.

그런 삶 한가운데서 누군가 노크를 한다. 협잡과 공모를 위해. 선의와 봉사를 위해. 그러나 문을 열기 전에는 아무도 그 의미를 모른다. 알 수가 없다. 이 모름 때문에 내일 아침 내가 깨어나지 못할 수도 있는데 오늘밤에는 또 꿈을 꾸며 자는지도 모른다. 사과나무에 잎이 많아요, 돼지가 사과를 먹어요. 동화책을 읽다가 잠든 어린것의 이마를 짚어주는지도 모른다. 그러나 미래를 언제나 손님처럼 맞을 수는 없을 것이다. 노크 소리를 분별하는 일은 어렵지만 또 그렇게 해야 할 때가 있는 것처럼 말이다. 한겨울 추위와 맞서며 송이송이 국화를 길어 올리는 할머니의 마음이 그랬을까. 날아든 추위를 막기 위해 비닐을 치던 할머니의 작고 단단한 손은 어떤 삶의 과정을 지나 왔을까. 국화는 어떻게 할머니 마음의 문을 두들겼을까.

저것은 국화. 이것은요? 손가락으로 가리킬 수 있는 것에 대해 쉽게 호명할 수 있지만 그렇게 하지 못하는 것들이 참으로 많다. 우리 삶을 구원해 줄 영웅이 등장할지, 스스로를 구원하기 위해 슈퍼맨이 되어야 하는 건지 나는 아직 감을 잡지 못하고 있지만 누구라도 마음속에 국화를 키우며 이 시대를 어렵게 지나고 있을 것이다. 그런데 올 겨울 국화와 할머니는 보이지 않는다. 할머니가 궁금한 건지 한겨울 추위를 쨍하게 갈라놓는 국화가 그리운 건지 잘 모르겠다. 아파트 뒤뜰이 아니라 이동식 화분에 국화를 키운다는 소문이 들려오기도 했다. 아파트 경비들과 트러블이 있었는지도 모르겠다. 할머니도 국화도 안녕하기를.

—『월간 에세이』 4월

시인. 2004년 『현대문학』으로 등단.
윤동주상 젊은작가상, 김준성문학상,
현대문학상 수상.

촌평

산문이지만 시적인 함축성이 두드러지고 언어의 속살이 섬세하다. 작가의 사유가 자유롭고 풍성하게 전개된다. 화자는 국화로 표상되는 냉철한 절개와 의지를 그리워한다. 우리는 '저것이 국화'라고 단호하게 호명하고 삶을 구원해 줄 국화를 기다리나, 일상은 늘 국화를 배반하고 불확실하게 이어질 뿐이다.

고독의 조건

이혜연

　분명, 어머니는 현관 유리문 안에서 나를 지켜보고 계실 것이다. 그 사실이 두려워 나는 뒤를 돌아보지 않았다. 계단을 내려서고, 어둠이 깔린 마당을 가로질러 대문까지 가는 동안 등 뒤에 떨어지고 있을 어머니의 시선을 짐짓 모른 체했다. 차에 시동을 걸고 운전대에 손을 올려놓으면서 비로소 현관 쪽을 올려다보았다. 얼기설기 얽힌 대문 살 사이로 환한 불빛을 등지고 우두커니 서 있는 어머니의 모습이 보였다. 차가 떠난 뒤에도 한동안 어머니는 좋지 않은 시력에 안간힘을 모으며 내 눈 밖을 살필 것이다. 그리고 혀를 차며 돌아설 것이다. '모진 것······.'
　모질게 마음을 먹으며 가속페달을 밟았다. 그렇게 나는 어머니를 남겨두고 집으로 돌아왔다.

　"오늘 저녁에 나갈거니, 안나?"
　외출 준비를 마치고 눈앞에 서 있는 하녀를 보고 테레즈가 물었다. 그녀는 그 아이를 붙잡아 두고 싶었다. 그릇 부딪히는 친숙한 소리, 그리고 그 아이가 흥얼거리는, 후렴이 끝없이 되풀이 되는 알사스 노래를 더 듣고 싶었다. 살아 있는 유일한 존재, 활기찬 젊음이 내는 소음을 듣고 있노라면 안도감이 들었기 때문이다.

"빗소리가 들리지 않니, 얘야? 밖에 나가서 뭐 하려고? 비 맞을 게 걱정도 안 되니?."

"지하철까지 안 멀어요."

"옷이 다 젖을 텐데."

"길거리에 있지 않을 건데요. 영화 보러 갈 거에요."

"오늘은 그냥 집에 있으면 안 되겠니? 내가 몸이 좋지 않구나."

"……. 우유를 좀 데워다 드릴까요?"

"아니, 아니다. 괜찮다. 아무것도 필요 없다. 그냥 가거라."

"그럼, 난로에 불을 지펴 드릴까요?"

테레즈는 추우면 자기가 불을 지피겠노라며 하녀를 내 보냈다.

모리악의 소설, 「밤의 끝」의 첫 대목이다. 홀로 남겨지는 것이 두려운 늙은 테레즈와 그로부터 벗어나고 싶은 젊은 안나의 대화. 그건 바로 조금 전 어머니와 내가 연출했던 광경에 다름 아니었다. 다른 점이 있다면, 현실 속의 안나는 테레즈의 두려움을 어느 정도 짐작하는 중늙은이라는 것이다. 그럼에도 모질게 돌아서는 것은, 아픔도 죽음도 철저히 개별적인 것이라는 어느 소설가의 말처럼, 천륜지간에도 개별적인 것들이 존재할 수밖에 없기 때문이다. 고독 또한 그러했다.

삼십여 년 전, 크리스마스 무렵이었다. 파리 외곽, 낭테르 시 허공한 귀퉁이에서 맞는 세계의 명절은 쓸쓸했다. 건너편, 토치카처럼 얼룩무늬가 그려진 싸구려 임대아파트의 창문들에서는 오색 전구들이 깜빡이고 있었다. 크리스마스트리는 단란함의 상징처럼 켰다 꺼졌다 하기를 반복하며 내 가슴을 후벼댔다. 오른편, 라데팡스로부터 넘어오는 고가차도 위에는 자동차 전조등 불빛이 꼬리를 물고 이어지고 있었다. 그러나 그 수많은 불빛 중 어느 하나도 나를 찾아오는 것은 없을 터였다. 적막감이 밀려왔다. 하지만 그 적막은 내가 선택한 것이었다.

처음 파리에 발을 들여놓던 날, 이국의 도시에서 나는 소리내어 웃었다. 나에 대해 아는 사람이 아무도 없다는, 그래서 철저히 외로워질 수 있다는 것이 나를 유쾌하게 했다. 그리고 난 그 고독을, 쓰디쓴 그 맛을 달콤하게 즐겼었다. 그런데 그 달콤함이 사라지기 시작했던 것이다. 혀뿌리는 친절하게도 그 쓴맛을 기억하고 있다가 조금씩 목구멍으로 흘려보내고 있었다. 얼마 후, 나는 짐을 꾸려 서울행 비행기에 몸을 실었다.

깊은 밤, 잠든 누 아이와 아내를 바라보며 상허 이태준 선생은 '아내와 아기가 옆에 있되 멀리 친구를 생각하는 것도 인생의 외로움이요, 오래 그리던 친구를 만났으되 그 친구가 귀찮음도 인생의 외로움'이라 했다. 관계에 얽히고설켜서도 어찌해 볼 수 없는, 아니 그로 인해 더욱 깊어지는 외로움에 대한 처방으로 내가 택한 것은 고립이었다. 견고한 고독 속에 도리어 나를 가두어 두는 것이었다. 관계에 대한 목마름이 깊어지면 고독은 슬그머니 꼬리를 감추었다.

'관계'로 인해 일어나 '관계'에 의해 소멸되는 존재의 공허함. 관계로부터 놓여날 때 고독은 비로소 온전해지는 것일까. 어쩌면 그 온전함이 두려워 관계의 끈을 놓지 않으려 애면글면하는 것은 아닌지.

디지털 자물쇠에 숫자를 입력한다. 현관문이 열리자 센서가 불을 밝힌다. 빈집을 지키고 있던 어둠 한 조각이 화들짝 놀라 물러난다.

지금쯤 어머니는 온 집안에 불을 환히 밝히고 계실 것이다. 불이란 불은 모두 켜고 이방 저방을 기웃거리다 이윽고 안방 형광등 아래 오도카니 자리 잡으실 것이다. 그리고 돌아갈 관계가 없는, 절대도 상대도 아니고 달지도 쓰지도 않은, 더 이상 아무런 것도 아닌 고독에게 곁을 주고 남은 시간들을 지워갈 것이다.

거실 등을 켠다. 또 한 조각의 어둠이 밀려난다. 오롯이 드러나는 외로움. 쓰다. 안도감이 든다. 다행히도 내 고독은 아직은 맛이, 있다.

―『에세이문학』 가을

1998년 수필공원(현, 에세이문학)으로 등단, 현대수필문학상 수상.

촌평

형상화를 통해 인간 존재의 고독에 관해 이야기한다. 관계로 생긴 고독은 관계를 끊고 더욱 견고한 고독 속에 자기를 가둘 때 꼬리를 감춘다고 말한다. 어머니 집을 떠나는 장면, 「밤의 끝」이라는 모리악 소설의 한 장면, 소설가 이태준이 한 말 등이 적절한 유비를 이루면서 주제를 효과적으로 드러낸다.

질경이 웃다

송혜연

질경이가 웃는다.
히히 흐흐 허허 마지못해 안면 근육을 경련시키는 게 아니다.
심장도, 위도, 항문도 다함께 호응하는 웃음이다.

질경이가 돌아왔다. 이제 봄이다.
하늘에서 얼음물 세례가 호되게 내렸던 날. 몇 차례의 무서리에도 꿋꿋하던 보랏빛 국화가 제 색을 잃었다. 시들시들하던 끝물 고추도 매울 놓이 비꼈다. 키가 숙은 풀마저 스러져 평평해진 겨울 마당. 그 스산한 땅 위에서 가장 낮은 자세로 엎드려 가장 늦게까지 땅을 지켰던 놈이 바로 질경이다.
영하로 내려가는 날씨에도 질경이는 쉬 잎을 포기하지 않았다. 밤새 뻐덕뻐덕 얼었던 잎이 옹색한 햇볕이라도 쬐면 시나브로 풀려 다시 생생해졌다. 진작 겨울잠에 들어간 잔디 대신 끈질기게 마당 구석을 지키다 강추위가 며칠 이어지면 그제야 땅 위에서 초록을 거두었다.

　질경이 잎이 흙빛으로 돌아가고부터가 제대로 된 겨울이라고 할 수 있다. 하지만 낯빛이 검다고 질경이가 온전히 죽은 건 아니다. 한겨울이라도 사나흘, 동장군이 은전을 내려 햇볕이 포근한 날이 있기 마련이다. 미뤄두었던 겨울 빨래하기 좋은 그런 날이면 죽은 듯 엎드려 있던 질경이의 잎사귀에 잠시 푸른 기운이 어린다. 봄이 왔나? 바깥 동정을 살피는 듯 초록이 살짝 고개를 내민다. 그러다 가혹한 계절의 채찍을 맞고 화들짝 놀라 초록을 냉큼 거두어들인다. 길고 긴 겨울 동안 질경이는 이제나 저제나 올까 기웃거리며 봄을 기다린다. 기어이 땅이 풀리면 마당의 그 어느 것보다 빨리 새 잎을 내보낸다.

　질경이는 이름이 많다. 차전자(車前子), 또는 오륜채(五輪菜), 차륜초(車輪草)라고도 하는데 이름에 수레와 바퀴가 들어 있다. 질경이의 생태환경을 살펴보면 그 이름이 썩 들어맞는다고 무릎을 칠 일이다. 대개 사람의 왕래가 잦은 길에는 풀이 잘 자라지 못한다. 그래도 발길로 다져진 맨땅 사이사이에는 자라지 못한 왜소한 쑥과 질경이가 땅을 그러잡고 있다. 그런데 바퀴 달린 물건이 자주 다니면 쑥이 먼저 보따리를 싼다. 결국 땅에 납작 엎드린 질경이만 남는다.

　수레바퀴가 수시로 지나가는 길은 풀에게 가장 혹독한 생존 환경이다. 그런 척박한 곳에서도 잘 살고, 가장 늦게까지 겨울 마당을 지킨다는 건 그만큼 강하다는 거다. 광물질 같은 씨로 미루어보아도 그렇고. 한 번도 질경이의 겸손과 더불어 강인함을 의심치 않았다. 그런데 사람이 돌보지 않던 무한 경쟁의 마당에 몇 삽 떠다 놓은 잔디를 당하지 못하는 걸 보고 생각이 달라졌다. 사람의 손길이 간 훤한 마당은 모든 식물에게 유리한 환경이 되었다. 물론 잔디에게도 최적의 조건이었다. 그러자 질경이는 비실비실 햇빛이 잘 들지 않는 마당 구석으로 밀려나갔다.

질경이가 경쟁력에서 우위를 점하는 강한 풀이라면 마땅히 잔디를 몰아내야 했다. 그러고 보니 볕 좋고 땅이 부드러운 곳보다 푸석푸석 물기 없는 땅이나 습지, 남들이 거들떠도 안 보는 버려진 땅이거나 사람의 발길이 잦은 곳에 질경이들이 모여 있다.

사람이나 식물이나 양지바른, 비옥한 토양에서 살고 싶어 하는 건 당연하다. 하지만 그런 곳일수록 자리다툼이 치열하다. 좋은 땅에서는 경쟁력이 뛰어난 것이 살게 되어 있다. 아름다운 꽃을 피우거나 열매나 뿌리가 먹을 만하거나 하여간 힘겨루기에서 이길 수 있는 쪽이 좋은 땅을 차지할 수 있다. 그러면 볼 것도 없고, 먹잘 것도 없고, 힘도 약한 쪽은 도태되거나 남들이 다 마다하는 척박한 땅으로 밀려날 수밖에 없다.

볕 좋고, 거름 좋은 양질의 땅이 존재 기반이라면 더 할 수 없이 좋겠지. 하지만 몸 사신 것들의 삶이라는 게 누구에게나 그리 녹록한 건 아니다. 햇빛 가득한 정원에서 잘 살다, 어느 날 거짓말처럼 한 번도 밟아본 적 없는 거친 땅으로 밀려날 수도 있다. 일조량이 모자라 잎이 누렇게 변하는 건 음지로 내몰려서다. 물을 끌어올릴 수 없어 온몸이 시들시들 마르는 건 사막으로 내쳐져서다. 수레바퀴의 무게에 짓눌려 신음하는 것은 길바닥에 나앉은 쪽이다.

절망적 상황이라고 모두 비탄에 잠겨 절멸만을 희망 삼지는 않는다. 그래도 생을 지속시켜야 하는 생명체로서의 본분에 충실하고자 하는 부류는 살 길을 적응에서 찾는다. 질경이는 독해서, 강해서 아무데서나 잘 사는 게 아니다. 그저 추위를 견디듯이, 주어진 수레바퀴를 견디고 견디며 거기에 적응한 것이다. 그런데 이왕 받아들이는 거라면 시시한 순응이 아니라 유쾌한 적응이다. 열악한 환경이 꼭 나쁜 것만은 아니다. 풍요롭지는 못한 대신 생존을 위해 치열하게 경쟁하지 않아도 되는 장점이 있다. 인간은 어떤 극한 상황에서도 긍정을 이끌어내고 행복을 감응할 수 있는 능력이 내재되어 있다. 그 천혜의 자질을 잘 살리려면 모자람을 선택으로 받아들이는 길이 있다. 결핍을 신념으로도 승화시키고 나면 자기에게 주어진 생을 끌고가기가 한결 수월할 뿐아니라 유쾌함도 덤으로 따라온다

나를 밟고 수레, 아니 전차여 지나가라. 나는 어떤 바퀴 아래서도 웃을 수 있도다. 모래밭도, 산비탈도 좋다. 길 위면 또 어떤가. 나는 어떤 땅과도 기쁘게 상관한다. 너희를 양식 삼아 내 허약한 영혼의 살을 찌우리라. 꽃 좋고 열매 실한 것만이, 잘나고 강한 것만이 존재 가치가 있는 건 아니다. 이 땅 구석구석을 푸르게 물들이는 건 경쟁력이 아니라 적응력으로 승부하는 질경이족이다.

수레바퀴 아래서 질경이가 하 하 하 웃는다.

생의 고통을 웃음 뒤에 감춘 게 아니라 웃음으로 승화시킨 거다.

—『한국산문』 6월

2004년 『현대수필』 봄호로 등단,
2008. 2009 에세이스트 올해의 작품
상 수상.

촌평

　　질경이라는 식물의 생태 속성에서 '생의 고통'을 승화시키는 웃음을 발견한다. 질경이는 수레바퀴가 지나가는 척박한 길에 뿌리를 내리고 자란다. 작가는 이를 절망적 상황을 참고 견디는 시시한 순응이 아니라, 유쾌한 적응을 통해 긍정과 행복을 창출하는 능력이고 말한다. 해석적 수필의 모범이 될 만하다.

귀지 파는 아내

곽흥렬

세상에 취미치고는 참 희한한 취미도 다 있구나 싶다. 아내의 별스런 습관을 두고서 하는 이야기다.

아내는 심심하면 귀이개를 들고 귀지를 판다. 어쩌다 귀이개가 없는 날엔 면봉도 좋고, 면봉마저 없으면 성냥개비라도 상관하지 않는다. 때로는 새끼손톱도 요긴한 귀이개 대용품이 된다.

내남없이 보릿고개로 허덕이던 지난 시절, 장모님 곁에서 바가지에 달라붙은 밥풀 긁어 먹던 것이 그만 버릇으로 굳어진 때문인가. 아내의 귀지 파기는 정말이지 유난한 데가 있다. 텔레비전 앞에 쪼그리고 앉아 연속극을 보면서도, 방바닥에 배 깔고 엎드려 신간 여성잡지를 뒤적이면서도 손은 귓구멍에 가 있기가 일쑤다.

자기 귀만도 모자라 이젠 가족들까지 아내의 심심풀이 땅콩이 되어 육신의 시달림을 감수해야 한다. 무슨 생체실험 대상으로라도 삼으려는 양 자신의 무릎에다 눕혀야만 직성이 풀리는가 보다. 덕분에 낚시가 취미인 사람에게라면 물고기가 되어 주어야 하고, 사냥이 취미인 사람에게라면 산짐승이 되어 주어야 한다.

어떨 땐 너무 무지막지하게 후벼 파는 바람에 애꿎은 속귀가 상처를 입고서 생고생을 하는 불상사도 생긴다. 한 번 그런 사달이 나고 나면 앞으로 다시는 안 그럴 것처럼 쓰린 후회의 마음을 쏟아낸다. 하지만 까마귀 고기를 먹었는지 '파기 신(神)'이라도 들렸는지, 얼마 지나지 않아 또 그 유별난 취미가 발동을 하는 것이다.

귀지라는 게 본시 그렇다. 물이 마르면 스스로 알아서 굴을 기어 나오는 가재처럼, 굳이 힘들여 긁어내지 않아도 때가 되면 저절로 귓구멍을 빠져나오게 되어 있다. 이것이 조물주가 설계해 놓은 우리 신체의 기막힌 구조요 원리다.

아내가 생선구이를 할 때면, 나는 등 뒤에 붙어 서서 코로 음미하는 맛을 즐긴다. 그러다가 거기서 하나의 흥미로운 사실을 깨닫게 되었다. 생선을 구울 적에는 함부로 손을 대지 말고 노릇노릇해질 때까지 느긋하게 기다리는 것이 좋다. 진득하니 참아내지 못하고 자꾸 뒤적거리면, 살이 흐슬부슬해져서 결국 생선의 본래 모양이 망가뜨려지고 만다.

우리 몸속의 귀지가 바로 이 요리되는 생선과 다를 바 없다. 아무 짝에도 쓸모없이 그저 불결하기만 한 듯싶어도, 귓구멍을 둘러싸고 외부에서 침입하는 박테리아의 세포벽을 분해해 속귀를 지켜주는 파수병 역할을 하는 것이 귀지다. 해서 억지로 후벼 파는 것은 멀쩡한 아군을 제 손으로 처형하는 행위가 된다. 가만히 두면 아무 문제가 없을 일을, 공연히 건드려서 도리어 탈을 내는 결과를 부른다.

건드려서 탈을 내는 것이 어디 귀지 파는 일뿐이겠는가. 정치도 그러하고 경제도 그러하다. 아니, 어쩌면 세상만사가 다 마찬가지인지도 모르겠다. 일찍이 애덤 스미스가 설을 세운 '보이지 않는 손'이라는 경제학 이론이 내 생각의 타당성을 충실히 떠받쳐 줄 법하다.

자유 경쟁이 지배하는 시장은 수요와 공급의 상호작용에 의해 가만히 내버려둬도 저절로 잘 돌아가게 되어 있다. 흐르는 물줄기를 억지로 막으면 둑이 터져 버리듯, 자연적인 시장 질서에 인위적인 조작을 가하면 어김없이 부작용이 불거져 일을 그르치고 만다. 긁어 부스럼 만든다는 속담이 괜스레 생긴 말이 아니다.

제힘에 맡기고 그냥 조용히 지켜보는 것이 상책이다. 우리네 사람살이에 있어 어떠한 경우에도 절대적인 가치라는 게 없고 보면, 수수방관이 일반적으로는 무책임한 태도로 여겨지지만 이럴 땐 오히려 아주 적절한 처신이 된다. 아무것도 하지 않는 것 같아도 하지 않는 것이 없는 것, 이것이 사실은 가장 잘하는 것이다. 무위자연(無爲自然)을 부르짖은 노자 사상의 근본정신 역시도, 사람의 힘을 가하지 아니하고 본래 생긴 그대로 놓아두는 것을 가장 이상적인 경지로 삼지 않았던가.

널리 알려져 있다시피, 중국 요임금 시절은 태평성대로 불렸다. 비가 때맞추어 내리고 바람이 순조롭게 불어 해마다 곡식이 잘 되고 그로 해서 백성들의 삶이 풍요로웠다. 군주가 덕으로써 나라를 다스릴 때 하늘의 축복이 따른다 했으니, 결국 그것은 순전히 요임금의 선정 덕분이었다. 시세(時勢)가 그랬는데도, 요임금은 자신이 정말 소문처럼 백성들을 잘 다스리고 있는지 어떤지 여전히 안심이 되지 않았다.

어느 날, 요임금은 허름한 옷차림으로 위장을 하고서 민정을 살피러 거리로 나선다. 이곳저곳을 잠행하다 한 마을에 이르렀을 때였다. 백발의 노인들이 손으로 배를 두드리고 발로 땅을 굴려 박자를 맞추면서 노래를 부르고 있었다.

해 뜨면 나가서 일하고(日出而作)
해 지면 들어와 쉰다.(日入而息)
우물 파서 물 마시고(鑿井而飮)
밭 갈아서 먹으니(耕田而食)
임금님의 힘이 나에게 무슨 필요가 있으리오.(帝力於我何有哉)

그 노래가 바로 함포고복(含哺鼓腹)의 고사로 널리 알려져 있는 〈격양가(擊壤歌)〉이다. 요임금은 노래를 듣고 비로소 마음을 놓고서 처소로 돌아갔다고 한다. 물고기가 물속에 살면서도 정작 물을 느끼지 못하듯, 모름지기 백성들이 임금의 그늘 아래 지내면서도 아예 임금의 존재 자체를 의식하지 못할 때 정녕 훌륭한 제왕이라는 소리를 들을 수 있는 것이 아닐까.

최상의 선(善)은 물과 같은 것이라고 했다. 물은 어떠한 경우에도 억지를 부리지 않는다. 그저 순리에 따라 흐를 뿐이다.

자연의 이치를 거스르면 반드시 탈이 나고 병이 생기게 되어 있다. 아내가 이따금 속귀에 내는 상처도 바로 이 자연의 이치를 거슬러서 생기는 병이리라.

앞으로 나는, 아내가 천금을 준다 해도 함부로 귀를 허락하지는 아니할까 보다.

—『월간문학』 3월

1991년 『수필문학』 등단. 교원문학상, 중봉 조헌문학상, 흑구문학상 젊은작가상 수상.

촌평

귀지 파기를 좋아하는 아내의 유별난 취미에서 삶의 보편적인 원리를 도출하고 있다. 억지 부리지 않고 흐르는 물과 같은 경지에 도달하는 것이 최선이라고 한다. 자연의 순리에 따르기를 강조한다. 순리를 거스르기 때문에 탈이 생긴다는 것이다. 적절하고 구체적인 사례가 작가의 생각에 무게를 실어준다.

꽃이 피거나 지거나

허창옥

「마흔의 봄」을 쓴 지 20년이 되었다. 세월이 흐른 후에 「쉰일곱 살」도 썼다. 마흔 살의 봄에는 이제 더 이상 젊지 않다는 생각을 했다. 젊지 않으니 아름답게 늙어야겠다고 마음먹었다. 사악하지 않게, 아름답게, 그게 주제였다. 내 삶의 내용이 바로 내 모습이 된다는 걸 말하기 위해『도리언 그레이의 초상』을 끌어다 썼다. 그때의 나는 그랬다. 젊지 않다면(지금 생각해보면 그때는 정말 젊었던 게다). 아름답고 싶었다. 물론 지금은 그렇지 않다는 건 아니다. 왜 아름다움을 마다하겠는가.

3년 전인 쉰일곱 살 때는 나이 드는 것이 참 편안한 것이구나, 그런 생각을 자주했다. 웬만큼 살았으므로 희와 비에 일일이 환호하고 무너지지 않는 진중함과 내공이 생겼다는 걸 느꼈다. 이제야말로 이것저것을 맘껏 해보고 싶다는 마음도 일었다. 그 하고 싶은 일들 중에〈회심곡〉완창이라는 것도 있다. 글의 요지는 이제 편안해지고 싶고, 사실 편안하다는 것이었다. 그렇게 썼고 어느 정도 사실이기도 한데 솔직히 말하자면 아직도 그리 편치는 않다. 마음 탓이란 걸 알지만 어찌하겠는가. 마음만큼 마음대로 안 되는 것도 없지 않은가.

이태 전에 루주를 쓰지 않겠다고 마음먹었다. (루주를 쓰는 게 뭐 어떻다는 말이 아니다. 그러니 오해하시면 안 된다.) 자유롭고 싶다, 하나씩 내려놓고 싶다는 게 이유인데 화장을 하지 않는 게 그 중 쉬울 것 같았기 때문이다. 그쯤이야 내 맘대로 할 수 있을 것 같았는데 그것조차 온전히 성공하지는 못했다. 많은 사람들을 한꺼번에 만나야 할 때, 공식적인 행사에 가야 할 때는 가볍게라도 화장을 했다. 그게 예의라고들 하는데, 실은 예의란 말에 묶였다기보다 맨얼굴을 보일 용기가 없었다는 게 맞다. 하지만 보통은 민낯으로 다닌다. 정말 편안하다. 루주를 쓰는 일이 그리 불편한 일인가. 그렇지는 않다. 그걸 하지 않아도 되는 편안함의 상태에 나를 두고 싶을 뿐이다. 그 사소한 일에서 벗어난 자유로움이 그러나 결코 사소하지가 않다.

신천변의 수양버들 실가지에 연둣빛이 돌기 시작하더니 개나리가 피었다. 수양버들이 죽 늘어섰고 그 바로 뒤에 개나리울타리가 노랗게 쳐졌다. 연두와 노랑의 기막힌 어울림을 보면서 새색시 때 입었던 연초록 치마와 자주색 끝동에 남색 고름이 달린 노랑저고리가 생각났다. 그때 유행했던 비단(유똥)이었는데 설날 한 번 입고 망쳐버렸다. 그걸 입고 어설프게 전을 부치다가 기름이 튀어서 다시 입을 수가 없게 되었다.

수양버들과 개나리가 '유똥' 치마저고리를 연상시켰고, 그때가 아득한 옛날처럼 느껴지면서 내가 예순이 되었다는 자각이 왔다. 그래, 예순 살이 되었다. 이게 무슨 뜻이지? 여긴 대체 어디야? 물음만 있고 답이 없어서 무기력해진 봄날 인터넷 서점을 뒤지는데 책 한 권이 눈에 띄었다. 『나는 젊음을 부러워하지 않는다』, 흥미가 있었던 건 책의 개요였다. 60대에 접어든 29명의 여성이 쓴 자전적 에세이라는 것이다. 그들이 이끌어낸 새로운 삶이 내게 힘이 될 것 같았다. 하지만 막상 책을 펴보니 그들은 보통사람들이 아니었다. 대부분 저명인사였다. 역동적이고 진취적으로 살아왔으며 이미 상당히 성취한 사람들이었다. 다만 예순 살을 즈음해서 새로운 일을 시작했고 그 일들을 성공적으로 해냈다는 얘기였다. 그럼 그렇지. 아무나 할 수 있는 건 아니지.

보통여자, 옆집 여자인 내가 예순 살에 뭘 시작할 수 있을까. 그렇게 시큰둥하면서 책을 읽어내려 갔다. 책을 덮고 나서 그러나 알 수 없는 힘이 내 손을 잡고 나를 일으켜세우고 있다는 느낌이 왔다. 여행, 새로운 사업, 불행한 결혼 청산 등등 그들이 해냈던 일은 아닐지라도, 그들처럼 세계를 움직이는 영향력을 발휘할 능력도 의향도 없다할지라도 내가 하고 싶은 뭔가를 해야겠다는 의지 같은 게 잠자는 나를 깨우는 것이었다.

'청춘은 육십부터' 따위의 무슨 슬로건 같은 말에 동의하지는 않는다. 아무리 장수시대에 진입했다고 하나 육십이 청춘일 수는 없다. 청춘도 가고 봄날도 갔지만 나쁠 게 뭔가. 60대에 들어선 보통여자에게도 하고 싶은 일이 있고, 할 수 있는 일도 있을 터.

하고 싶은 일? 읽기와 쓰기, 그건 하고 있고, 또 무엇? 〈회심곡〉 완창, 수채화 그리기 같은 몹시 과한 것도 있지만 '멍하니 앉아 있기' 처럼 쉬운 것도 있다. 하고 싶은 일은 즐거이 하고 놓아버리고 싶은 것은 미련 없이 놓아버리면 된다. 그 즐거움과 편안함이 이제부터의 나와 내 삶을 근사하게 채워주려니, 꽃이 피거나 지거나 봄이 오거나 가거나.

—『에세이포레』 겨울

1990년 『월간에세이』 등단.

> 내면화된 작가의 사유와 심정을 고백하는 수필의 전형적인 형식이다. 작가는 늙음이 자유로움과 편안함을 준다고 말한다. 현실적인 계산에 휘둘리지 않고, 늙은 나이에도 하고 싶은 일과 할 수 있는 일이 있기 때문이라는 것이다. 작가의 고백이 설득력을 주는 것은 논리성에 기반을 둔 진술의 탄탄함이다.

남향집

윤정혁

이 선생, 내가 언제 아파트 삼층에 산다는 말을 한 적이 있던가요? 그리로 이사한 게 엊그제 같은데 또 이사했습니다. 바로 코앞으로 옮긴 거니까 뭐 이사랄 것도 없지요.

요즘 이사라는 게 그렇더군요. 이삿짐센터라는 데서 대여섯 명이 우르르 몰려와서는 여자 한 명이 주방을 점령하고, 나머지 사내들이 거실과 방 하나씩을 접수하더니 그야말로 일사불란하게 시근 뚝딱 한길에 헤치우더라구요. 살림이래야 허섭스레기밖에 없으니 짜드라 묶고 싸고 할 것도 없었지요.

그 포장이사라는 게 그래요. 큰놈 작은놈 할 것 없이 모조리 상자에 집어넣거나 휘감아 싸는지라 궁상스런 살림붙이들이 드러나지 않아서 좋았습니다. 전에 삼층으로 이사할 때는 좀 남세스러웠거든요.

오후 두시가 넘어서 시작한 일을 여섯시가 조금 넘자 손을 탁탁 털며 삯을 챙기고 떠나는 겁니다.

"힘으로 하면 이 일 못해요. 당장 드러누워요. 요령으로 하는 거지요. 이틀 만 쉬어 봐요, 다시 못해요. 죽자꾸나 쉬지 않고 해야 돼요."

사는 일이 만만찮은 거라는 소리겠지요. 예전에 우리가 그랬잖아요. 이사 후에는 영락없이 초죽음이 돼서 드러눕잖았습니까?

왜 이사 갔냐구요, 아파트 삼층으로 이사 가기 전에 내가 살던 집이 단독 가옥이었어요. 직장 다닐 때 마누라가 바득바득 우겨서 사 놓은 집이었지요. 그간 남이 살던 것을 나이 들어 직장에서 쫓겨나자 아쉬운 대로 손을 보고 내 집이라고 찾아든 겁니다. 마당이래야 손바닥만한 데다 코앞에 삼층집이 바투 서 있어서 하루 내 햇볕 한 자락 구경할 수 없는 집이었습니다.

전등을 켜지 않으면 잠서 한 줄 읽을 재간이 없었지요. 까짓, 책이야 차치하더라도 사람 사는 꼴이 말이 아니었습니다. 수형자가 따로 없더라구요. 그 집이, 늘 갇혀 있다시피 했던 아내에게 우울증을 싹 틔우게 하지 않았을까, 나름의 짐작입니다. 햇볕이 세로토닌이라는 항우울 호르몬을 생성한다잖아요. 그 집은, 볕이 그냥 밝고 따뜻하다는 인식을 넘어, 인간에게 절대적 에너지원이라는 생명적 차원에서 이해되어야 함을 절감케 해 주었어요.

그즈음의 아내는 볕이 드는 베란다에 대여섯 개의 화분을 놓을 수 있는 아파트에 살기를 바랐습니다. 그것들이 햇볕을 받아 싱싱한 잎을 키우고 꽃을 피우는 모습을 볼 수 있다면 원이 없겠다는 한 줌도 안 되는 꿈을 가지고 있었지요. 미안하더라구요.

살아오면서 남에게 구차한 소리 한 번 한 적 없었습니다. 주변머리가 담배씨만큼도 없어서였지요. 서울 사는 큰딸에게서 얼마간의 돈을 빌렸습니다. 아내가 아파트에 살도록 해 주고 싶었지요. 그래서 얻은 게 전에 살던 삼층입니다.

음습하고 꽉 막힌 집에 비하면 그곳은 가히 천국이었습니다. 툭 터져 밖이 훤히 내려다보이는 베란다의 창도 창이려니와 오전 내 볕이 드는 것도 그렇게 고마울 수가 없더라구요. 문득 햇볕은 사람의 영혼까지도 따뜻하게 적신다는 생각이 들었습니다. 표정이 밝아진 아내가 부지런히 화초들을 사다 나를 때, 나는 소파에 번듯이 누워 책을 얼굴에 덮은 채 오수를 즐기기도 했지요.

그 집을 살 때, 그것이 동향임을 몰랐던 것은 아닙니다. 알기는 했는데 진에 살던 집에 비해 가히 천양지차였던지라 감지덕지 코를 처박은 거지요. 새집 냄새도 가시어지고 그런대로 살 만하다 했는데 동네 주변이 술렁거리더니 삼십층이 넘는 고층아파트가 우후죽순으로 들어서기 시작한 겁니다.

그 중 하나가 내 집 맞은편에 자리를 잡고 올라가더니 급기야는 툭 터졌던 시야를 가로막고는 아침나절 열 시 이전의 햇볕을 잡아먹어 버린 겁니다. 막혀버린 시야가 가슴을 답답하게 하는 것은 말할 것도 없고, 볕드는 시간이 노루꼬리마냥 짧아진 일 또한 여간 기가 막히는 게 아니었습니다.

아내와 나는 앞을 가로막은 아파트의 시공업자를 비난하고, 당국이 건축허가를 남발하고 있다고 투덜거렸습니다. 새삼스럽게, 광합성을 제대로 못해 화초도 기를 못 펴는 동향집은 돼 먹지 않았다고 툴툴댔습니다. 창을 열면 무시로 뛰어드는 아이들의 재잘거림도 성가셨습니다. 온종일 햇볕을 받아 하얗게 눈부신 건너편 101동의 남향집에 사는 사람들이 부러웠어요. 나는 다시 아내의 우울증이 음울한 기운으로 집안 구석구석을 채우지는 않을까 걱정되었습니다.

아내는 또다시 이사를 꿈꾸기 시작했습니다. 마침 일이 되려고 전에 살던 헌 집이 좋은 가격에 팔렸어요. 남향에다 고층이 아니면 안 된다. 이게 이사지침이었지요. 그래서 101동 19층으로 옮긴 겁니다.

이사 첫날밤은 낯선 데다가 설레기까지 해서 잠을 설쳤습니다. 그런데도 꼭두새벽에 눈이 떠지는 겁니다. 아내가 베란다의 롤 스크린을 드르륵 올리는데 비 갠 아침의 앞산이 구름 걸린 이마를 코앞에 들이미는 거예요. 이사 전 서너 차례나 와 본 적이 있는데 어찌 느낌이 그리 다를 수 있는지요. 하루 내 거실 깊숙이 들이붓는 햇볕은 또 어떻고요, 생기가 흘러넘쳐 대뜸 화초의 색깔이 달라 보이는 겁니다. 남으로 창을 내겠다던 시인이 생각났습니다.

장모께서는 남향집을 얻으려면 삼대의 적선이 있어야 한다고 했습니다. 나의 적선은 기억되는 바가 없으니 이는 분명 나의 아버지와 조상님들 덕이라 여겼지요.

그런데 일이 우스꽝스럽게 꼬이는 것 같습니다. 허 참, 내가 이사하자마자 맞은편에 사십오층짜리 주상복합 아파트가 들어선다지 뭡니까. 이런 낭패가 어디 있습니까? 내가 남향집을 갖게 된 것이 조상 덕이라면, 이제 고층아파트가 들어서는 일은 아마도 내 적선의 부재 탓이겠지요. 땅 위에 방 한 칸이 부러웠던 적이 있었음을 잊은 과욕에 대한 경고일지도 모르겠습니다.

이 선생, 집들이 같은 걸 할 형편은 아니고요, 언제 시간 나면 놀러 한번 오시지요. 소주나 한잔하십시다.

—『수필과 비평』 3월

『에세이문학』 등단.

> 화자의 커뮤니케이션 방법이 참신하고 특징적이다. 화자는 구체적인 청자를 설정하고 자신이 체험한 기막힌 일에 관해 수다를 떨듯이 이야기한다. 여기서 수다는 묻혔던 일상의 의미를 생생하게 재생해 준다. 작가는 어떤 메시지를 전달하려고 애쓰지 않는다. 작가의 예술적 감각이 돋보이는 작품이다.

몸이 말을 걸다

장영숙

대체 내 안에서 무슨 일이 일어나고 있는 걸까?

요즘 몸의 변화가 심상찮다.

안에서 모종의 반란이 일어나고 있는 낌새다. 여기저기서 이상 징후가 나타나기 시작한다. 잠을 자도 개운치가 않고, 일을 해도 도무지 재미가 없다. 알 수 없는 무력감으로 매사가 의욕상실이다. 시도 때도 없이 확확 달아오르는 얼굴, 등줄기를 따라 줄줄 흘러내리는 식은땀, 금방이라도 폭발할 것처럼 화산이 되어버리는 답답한 속은 자다가도 벌떡 일어나게 만든다. 무슨 징조인가.

예사롭지 않은 몸속의 움직임에 불안해지는 마음을 떨쳐버릴 수가 없다. 여기저기서 들리는 말들은 하나같이 그 말이 그 말. 갱년기라는 둥, 사추기라는 둥……. 멀게만 느껴지던 이 말들의 실체가 내 안에서 벌어지고 있다니 벌써 세월이 그렇게 됐나 싶어 마음 한구석이 먹먹하다. 하긴 어느새 지천명을 넘긴 나이이고 보니, 그 말이 무리는 아니다. 이젠 어쩔 수 없이 몸이 보내는 신호에 귀를 기울여야 할 때가 된 게다.

언제부턴가 내게 달갑잖은 손님이 찾아왔다.

불청객 중의 불청객이다. 예고도 없이 슬며시 찾아들어 이곳저곳을 툭툭 건드리며 심기를 불편하게 한다. 무슨 약점이라도 잡힌 듯 내 육신은 이 달갑잖은 손님에게 통째로 몸을 내어주곤 속수무책 저항 한번 못하고 시키는 대로 할 뿐이다. '무기력하기 짝이 없는 쓸모없는 몸뚱이'라고 속으로 백 번 툴툴거려 봐야 무슨 소용인가. 깨끗이 인정하고 받아들일 수밖에.

예전 같지 않은 몸의 변화에 위기의식을 느꼈음일까.

병원을 찾아 이런저런 여러 가지 검사를 했다. 검사결과는 그야말로 빨간 비상등. 몇 가지는 약을 먹어야 할 정도로 좋지 않단다. 비상이다. 내 몸에 빨간 비상등이 켜졌다. 예상 밖의 검진결과에 한참 동안 할 말을 잃었다. 당장 어떻게 되는 것은 아니지만 도무지 믿겨지지 않아 재차 확인을 했으나 변동사항은 없다. 그동안 임신이나 출산 같은 특별한 경우를 제외하곤 병원 문턱을 밟지 않을 정도로 건강 하나는 자신했었는데……. 의외의 결과에 의기소침해진 마음은 끝내 눈물을 찔끔거리게 한다.

처방전을 들고 약국으로 향하는 발길이 천근만근이다.

꼭 도살장에 끌려가는 소가 된 기분이다. 죽을병도 아닌데 이건 좀 심하다 싶다가도 문득문득 아픈 데가 없다는 이유로 그동안 지나치게 무관심했던 몸에게 미안한 마음이 드는 건 어쩌면 인지상정인지도 모른다. 그 흔한 영양제 한 번 먹지 않았음도 미안하고, 간간이 보내는 신호에 귀 기울이지 않고 무시했음도 미안하다. 생각해보니 몸에게는 두루두루 미안한 것투성이다.

돌이켜보면, 그동안 수차례 몸이 내게 신호를 보내오긴 했다.

잦은 두통으로, 불면증으로, 혹은 까닭 없이 우울함으로…….

다만 도무지 눈치라고는 눈곱만큼도 없는 둔한 내 의식이 그것을 알아채지 못했을 뿐이다. 그저 잠깐 앓고 지나가는 환절기 감기쯤으로 가벼이 여겼다. 그럼에도 내 몸은 그동안 많은 우여곡절을 겪으면서도 건강히 잘 버텨 주었다.

집안 대소사 앞에서는 주어진 팔자거니 여기며 힘에 겨운 일조차 미련하리만큼 몸을 사리지 않았고, 주어진 역할 또한 소홀히 하지 않았다. 걱정거리 앞에는 몸을 돌보지 않고 밤새워 고민하며 해결방법을 모색했다. 심지어 하고 싶은 일은 누구보다 더 열정을 쏟았다.

생각해보니, 작은 몸집으로 참 많은 일들을 해냈다. 아니, 해준 것 없이 참 많이도 혹사시켰다. 그만큼 열심히 살아왔다는 의미리라. 이런 삶이 버거웠을 만도 한데 지금껏 투정 한번 부리지 않고 묵묵히 제 몫을 다해 준 고마운 존재이기도 하다. 그러기에 미안함이 더 크다.

이젠 한계에 도달했음인가.

몸이 변했다. 유순하기만 하던 몸이 드디어 뿔났다. 더 이상 참을 수 없노라 여기저기서 시위를 한다. 심지어 구석구석 쑤시고 다니며 툭툭 시비를 걸어댄다. 그래도 성이 차지 않는지 아예 통증이란 놈과 함께 눌러앉아 동반 시위를 한다. 때때로 우울의 늪에 풍덩 빠뜨려 허우적거리게도 한다. 수십 년 부려먹을 만큼 부려먹었으니 이젠 그만하라 아우성이다. 그동안 무관심으로 홀대한 내게 경종을 울리고 있나보다. 더 이상 무시했다가는 정말 후회하는 일이 일어날 거라고 경고를 보내고 있는지도 모른다.

몸은 틈날 때마다 말을 걸어온다.

여기저기 알 수 없는 욱신거림으로, 또는 나른함으로…….

이제 그만 자신을 돌아보란다. 그동안 곁눈질 한번 않고 오로지 가족들을 위해 헌신했으니 이젠 자신의 몸도 챙기란다. 이제야 서서히 귀가 뚫리는 것 같다. 몸이 보내는 소리가 들린다. 설마 너무 늦은 것은 아닐까 하는 조바심은 들지만 그다지 걱정은 않을 참이다. 나 자신을 믿기에.

생의 터닝 포인트(turning point).

누구에게나 생의 전환점은 있기 마련이다. 어쩌면 지금이 내 인생의 전환점이 아닌가 싶다. 쉼 없이 달려온 내 인생여정에 잠시 틈을 주어 자신을 돌아보게 함은 물론, 앞으로 헤쳐가야 할 남은 생만큼은 지금보다 나은 삶이 될 수 있도록 휴식을 주는 시점이라고 생각한다. 사람이면 누구나 한 번은 겪어내야 하는 통과의례쯤으로 보아도 좋겠다. 어쩌면 갱년기란 불청객이 아니라 가자이 인생 후반전을 준비하기 위한 도약대가 아닌가 싶다.

나이는 숫자에 불과하다.

백세를 사는 시대에 오십 줄이면 청춘 아니던가. 이제야말로 몸이 걸어오는 말에 귀 기울여 나를 돌아보리라. 그래서 누구보다 자신을 사랑하고 아껴서 남은 생은 보다 풍요로운 삶이 될 수 있도록 재충전의 기회로 삼으리라. 지금껏 줄기차게 앞만 보고 달려온 삶에 잠깐 브레이크가 걸렸지만 괜찮다. 잠깐 숨고르기를 한 후, 지금까지 살아온 것처럼 인생 후반전도 변함없이 열심히 살아갈 것이기 때문이다. 이제는 앞만 보지 않고 옆도, 뒤도 돌아보면서 조금은 여유를 가지고 반환점을 돌아온 남은 생을 향해 다시 열심히 달려갈 것이다.

앞으로 펼쳐질 남은 인생 후반전을 위해 파이팅을 외쳐본다.

장 선생 파이팅! 자네 인생은 이제부터 시작이야.

—『현대수필』 여름

2011년 계간 『현대수필』 겨울호 등단.

촌평

몸은 몸이 좋아서 제대로 살아갈 수 있을 때는 아무 말도 걸지 않는다. 그때는 몸을 잊는다. 젊은이들은 몸에 대해 수도 없이 생각하는 것 같지만 그러나 사실은 몸의 외면에만 치중할 뿐 몸 그 자체를 그 이면에 있는 것까지 생각할 겨를이 없다. 몸이 그들을 외향적으로 만들기 때문이다. 몸의 아름다움에 시선을 빼앗길지언정 몸이 무엇인지 몸이 자기에게 어떻게나 소중한 것인지 알 겨를이 없다. 하지만 인생에 몸이 자기 존재를 드러내는 때가 조만간 온다. 사람은 하나의 자연물이기 때문에 그 원리에서 벗어날 수 없다. 잊고 있던 몸이 자기 존재를 드러내면서 자신에 대해 생각해 달라고 한다. 이 글을 쓴 화자는 몸이 자신에게 말을 걸어온다고 한다. 이 존재의 드러남을 담아낸 글이다.

롱비치 마라톤에서 했던 생각

하정아

롱비치 하프 마라톤(Long Beach Half Marathon)을 완주했다. 13.1 마일 완주 기념 메달을 목에 거는 순간 만감이 교차했다. 몸을 움직이는 것을 끔찍이도 싫어하는 내가 마라토너가 되다니, 삶이 이렇게도 전환될 수 있는 거구나 싶어 감격스러웠다.

마라톤 전날 저녁, 데니스 식당에 갔다. 탄수화물을 양껏 섭취해야 한단다. 나초(Nacho)를 큰 접시로 주문하여 열심히 먹었다. 집에 돌아와서는 라면을 끓여먹었다. 국수류를 먹어야 한다 했다. 알고 있는 원칙은 모두 시행해야 했다. 심리적인 만족과 안정이 필요했다.

출발선 앞에 서니 내부에서 알지 못할 힘이 솟았다. 입술을 앙다물었다. 그래, 해보는 거야. 서슬 푸르게 두 눈을 들어 보이지 않는 먼 길 끝을 바라보았다. 끝까지 달려야 할 명분이 있었다. 가까운 두 어른이 있었다. T는 말기 암으로 투병 중에 있었다. 롱비치 마라톤에 같이 뛰자 했던 J는 여름에 무릎을 다쳐 회복 중에 있었다. 나는 J

의 이름으로 T를 위해 뛰겠노라, 두 사람에게 이메일을 보냈다. 내가 완주해야만 T의 병이 나을 것 같았다. 나의 완주는 J의 몫이기도 했다.

마라톤을 시작한 동기는 단순했다. 마라토너 남편이 아무리 부추겨도 마음이 조금도 움직이지 않던 차에 무라카미 하루키의 책, 『달리기를 말할 때 내가 하고 싶은 이야기』를 읽게 되었다. 고무적이었다. 내가 좋아하는 작가가 마라톤을 한다면 나도 할 수 있겠다는 생각이 문득 들었다. 기본기만 갖추면 얼마든지 즐길 수 있고, 내 의지와 형편에 따라 자유롭게 조정할 수 있으며, 철저히 나 혼자만의 생각에 빠질 수 있는 명상적인 운동이라는 매력도 크게 작용했다.

남편이 페이스메이커가 되어 주었다. 몇 달 전 LA와 샌프란시스코 풀 마라톤을 완주했던 그는 나를 위해 시간 단축에 대한 열망을 접었다. 온 여름 내내 고통했던 그였다. 햇볕이 작열하는 거리를 하루가 멀다 하고 10-20여 마일을 뛰느라 발톱 두 개가 빠지고 젖꼭지에서는 피와 진물이 흘렀다. 엉덩이의 패인 골은 땀에서 배어난 소금기에 갈라지고 헐었다. 그렇게 기록갱신의 집념을 불태우던 그가 대회 이틀 전 하프로 바꾸었다. 외롭고 황량한 이 세상에 당신 혼자 달리게 할 수 없다며, 맨 처음이 중요하다며, 이번에 완주해야 다음을 기약할 힘이 생긴다며, 같이 뛰어야 할 이유를 대었다.

세 시간을 달리는 동안 남편이 옆에 있어 주었다. 그의 격려가 긴장을 풀어주었다. 이제 걸을 시간이다, 복식 호흡을 해라, 팔을 조금 더 높이 흔들어라, 이제 5마일 남았으니 힘내라…… 문득 지난 25년 동안 그가 내 인생을 이렇게 지켜 주었다는 생각이 들었다. 내가 의

기소침하여 가라앉아 있을 때 다독여 일으켜주었다. 알아도 모른 척, 보아도 못 본 척, 용납해주고 눈감아 주었다. 그는 내가 그를 만나기 전 20여 년 동안 받았던 세상의 모든 상처를 씻어주고 꿰매주고 감싸 안아주었다.

그를 맨 처음 만났을 때, 내 얼굴은 온통 콩알 만한 화농성 여드름으로 온통 덮여 있었다. 그는 자신의 혀로 깨끗이 닦아주고 싶다 했다. 자기가 다 가져와서 대신 아프고 싶다 했다. 그 마음이 오늘까지 변함없이 지속되고 있다는 갑작스런 발견, 오히려 더 강해지고 깊어졌다는 새삼스런 자각, 그 마음 때문에 내가 이 메마른 사막 땅에서 이제껏 버틸 수 있는 힘을 유지할 수 있었다는 새로운 발견이 나의 내부를 온통 물기로 채웠다.

오르막길이 시작되었다. 그 자리에 그대로 팍 주저앉고 싶었다. 그가 등을 밀어주었다. 나는 멈출 수가 없었다. 그를 위하여 애써 힘을 내었다. 쳐지거나 기권함으로 그를 답답하게 만들고 싶지 않았다. 자신도 위로가 필요한 터에 이중으로 힘들 것이다.

인생의 **마라톤**. 그는 유난히 무거운 나의 인생 짐을 기꺼이 자신의 어깨에 짊어졌다. 어느 땐 나를 통째로 업고 뛰었다. 나는 등에 업혀서도 온순하지 않았다. 내리겠노라 발버둥 치고 앙탈 부려 그로 하여금 진땀이 나게 했다. 이인삼각으로 나서야 할 때 '나는 안 한다' 투정 부려 그를 넘어지게 했다.

나는 설명이 불가능한 감정에 사로잡혀 구석에 웅크리고 앉아 눈물을 흘리는 때가 많았다. 그가 결근하고 하루 종일 나를 달래주었던 날이 있었다. 우스갯소리로 내 생각을 돌리려 노력하다가 아무 말 없이 오랫동안 내 얼굴을 쳐다보기도 했다. 저녁 무렵에 그가 부탁했다. "내게 아무 것도 기대하지 말아줘. 나를 이 모습 이대로 그냥 받아줘. 그렇지 않으면 네가 불행해지니까."

시야가 확 열리는 것 같았다. 눈앞을 가로막고 있던 두터운 안개가 일시에 걷히는 기분이었다. 정말 그랬다. '그래, 그로 하여금 그 자신의 인생을 살게 하자. 내 생각과 방식에 그를 묶지 말자. 그도 나처럼 자유로운 영혼, 사랑이라는 이름으로 그에게 올가미를 씌우지 말자.' 그때부터이지 않나 싶다. 나는 조금씩 밝아지고 행복해졌다. 나 혼자 할 수 있는 일들이 보이고 할 수 있는 힘이 생겼다.

해변도로에 들어섰다. 툭 트인 바다가 나타났다. 풍광 좋은 해변 경치가 마음을 시원하게 해주었다. 소방 배는 바닷물을 분수로 뿜어주고 뱃고동을 울려 용기를 북돋아 주었다. 언덕 위에는 빨간색과 흰색의 조화가 환상적인 등대가 서 있었다. 보도블록이 예술작품처럼 깔려 있는 노천카페들을 지날 때는 당장 멈추고 싶었다. 비치 체어에 아픈 다리를 내려놓고 바다를 바라보며 차를 마시고 싶었다.

곳곳에 설치된 부스에서 각종 음료를 건네주었다. 드럼과 기타를 곁들인 락 뮤직이 여기저기서 기운을 북돋아주었다. 한국자원봉사자들이 치는 꽹과리와 북소리가 경쾌하고 흥겨웠다.

마라토너들의 다양한 패션이 눈길을 끌었다. 백댄서 차림의 여인을 만났다. 팔꿈치까지 닿는 길고 흰 장갑을 끼고 보헤미안 구두를 신었다. 씽코 데마요 연미복 차림으로 기타까지 멘 사람이 있었다. 할로윈 복장인 듯 머리부터 발끝까지 거북이 패션을 하고 느릿느릿

걷는 사람이 있었다. 산보를 나온 듯 머리에 수박을 이고 친구와 장난을 치며 뛰는 사람이 있었다. 정박아 아들을 휠체어에 태우고 달리는 아버지, 애완견을 유모차에 싣고 달리는 남성도 보았다.

모두, 제멋에 달리고 있었다. 모두 제 인생을 살고 있었다. 독특한 인생사를 품은 개개인이 다양한 피부색을 입고 이렇게 한 자리에 모여 한 방향으로 달리는 일이 보통 일인가. 이토록 순수한 열정과 공동의식을 지닌 일이 또 있으랴. 무려 2만 5천 명이었다.

거대한 인간 물결이 거리마다 출렁이며 장관을 이루었다. 각자 모진 자기 훈련을 거친 사람들이었다. 따뜻한 인간애와 동료의식이 가슴을 마구 휘저었다. 달리는 어느 누구라도 친구 같았다. 달리는 모든 사람들이 사랑스러웠다. 지쳐서 천천히 걷는 사람들에게는 힘내라, 박수를 쳐주었다. 나를 앞지르는 사람들에게는 정말 잘한다, 칭찬해 주었다.

동네 사람들이 길가에 나와 응원해주었다. "당신들은 미쳤다!" "당신들 정말 멋있다!"고 환호하는 그들에게 "그래요. 우리는 미쳤어요"라고 응답하며 손을 흔들어주었다. 많은 사람들과 함께 미쳤다는 연대감으로 행복했다. 동기유발을 부추기는 아드레날린과 유포리아 감정을 샘솟게 하는 엔돌핀이 거리마다 넘쳐흐르고 있었다.

이제 고대하던 내리막길. 인생의 내리막길도 이토록 가볍고 가뿐하다면 얼마나 좋을까. 앞에 닥친 어려움을 노래 부르듯 시원시원 풀어 갈 텐데. 아니다. 오르막길이어서 힘들어도 기쁘게 힘을 내야 할 것이다. 고통과 막막함이 삶의 대가라 할지라도 감사함으로 껴안아야 할 것이다.

시시각각 달라지는 마라톤 구간이 인생을 닮았다. 거리환경과 분위기에 따라 뛰는 속도가 달라지듯, 삶의 길목에서 부딪치는 사건에 따라 희비가 엇갈린다. 마라톤을 하는 동안 음악과 바람과 음료가 힘과 용기를 주듯 좋은 만남과 감동이 삶의 윤활유와 동기가 된다.

인생사의 상식을 뒤집는 마라톤 원칙도 있다. 뒤꿈치부터 착지하라. 땅에서 발을 최소한으로 떼고 보폭을 줄여라. 빨리 달리고 싶으면 팔을 빨리 휘둘러라, 속도를 조절하는 주체는 다리가 아니라 팔이다. 인생의 오르막길은 신나고 행복하지만 마라톤의 그것은 인내와 고난의 시험장이다. 인생의 내리막길은 눈물겹고 고통스럽지만 마라톤의 그것은 휴식이고 포상이다.

마침내 골인점을 통과했다. 달리기를 마친 느낌이 각별했다. 불순물을 제거하는 씻김굿을 치렀거나 제련소의 용광로를 거친 느낌이었다. 인생도 힘든 고비를 지나고 나면 시야가 넓어지고 깊어지지 않는가. 강한 순수로 넉넉해지지 않는가. 수용과 용납의 폭은 인생의 고난을 회피하지 않고 정면 돌파하는 용기와 비례한다. 성숙은 아픔과 눈물을 먹고 자라는 것이다.

완주 경험이 가져다 준 자긍심 때문인가, 달리기 연습이 즐겁다. 달릴 때마다 내 인생이 단순명료해지는 것 같다. 아, 달리기 인생이 내 앞에 펼쳐져 있다. 마라톤 구간마다 달려온 길과 달려갈 길의 이정표를 바라보며 새 힘을 추스르듯, 인생의 여정도 여러 개로 나누어 그 구간마다 의미를 부여하면서 살고 싶다.

나는 어느 날 홀연히 내게 다가온 마라톤 인생을 즐기려 한다. 주변의 해변 도시에서 열리는 마라톤에는 가능한 한 참가할 것이다.

언젠가는 그리스 아테네 광장도 달리고 영국의 개선문과 파리의 에펠탑도 달리면서 통과하고 싶다. 네덜란드의 풍차마을과 스위스의 가파른 산길도 달리고 싶다.

석 달 후에 열리는 헌팅턴 비치 마라톤에 등록했다.

―『현대수필』 봄호

1989년 '미주 크리스천 문학' 신인상, 1994년 『문학세계』 등단. 2005년 제3회 해외 수필 문학상, 2009년 제7회 미주 펜문학상, 2012년 제2회 고원문학상, 제8회 구름카페문학상 수상.

촌평

마라톤 구간을 달리며 그리는 인생 로드맵, 하프 마라톤을 달리는 작가가 내면에서 일어나는 의식을 추적한다. 하정아는 만일 인생이 반려의 마라톤이라면 네 발이 아니라 부부의 두 심장에서 나온다는 사실을 체화시켜주고 있다. 육체적 에너지를 소진할수록 의식이 명료해지는 무의 심리상태를 체화할 수 있는 재미수필가의 선작이다.

2부 나에게 가장 성실한 나

페르소나 / 강기석
오해-똑똑한 여자 / 박헬레나
보스톤에서의 아침 산책 / 송하춘
깐깐이를 갈아엎은 무덤덤이 / 권신자
꼬마 뚝배기 / 왕　린
목리문 / 이기창
누름돌 / 최원현
아버지의 손 / 박종철
물의 느낌 / 이고운

페르소나

강기석

  6시, 눈을 뜬다. 몸을 일으키는 데 힘이 조금 든다. 어제의 피로가 절반 정도 남아 있는 팔다리가 무겁다. 그렇다고 그냥 누워 있을 수는 없다. 아직 그래서는 안 된다. 겨우 50 후반인데 그럴 수는 없다. 50대 후반은 아직 중년이다. 아침 일찍 일어나는 데는 아무런 문제가 없어야 한다. 그 생각이 내 몸을 힘껏 일으켜세운다. 오장육부의 기능과 근육의 힘보다는 나에게는 아직 중년 남자라는 사실이 더 중요하다.

  거실로 나와 부엌에서 아침을 준비하는 아내를 보는 순간 나는 아내의 남편으로 돌아간다. 지금부터는 남편의 걸음걸이로 아내에게 다가가서 남편의 얼굴을 하고 남편의 목소리로 남편의 말을 한다. 물론 중년의 남편으로서, 어제와 별다를 것이 없는 오늘의 남편으로서 그리고 지금까지 해왔던 것처럼 앞으로도 함께 살아가야 하는 남편으로서 말하고 행동한다. 아내에게 나는 언제나 남편이고, 나에게 아내는 언제나 아내라는 사실을 확인한다.

식사 시간이 되자, 아들이 문을 열고 나온다. 아들을 보면 나는 아들의 아버지가 된다. 아버지가 되는 순간 내 얼굴과 말과 행동도 저절로 아버지가 된다. 아들을 만나면 자동적으로 아버지가 되어버린다. 지금까지 남편이었는데 금방 아버지가 되어버린다. 참 편리하기도 하고 한편 신기하기도 하다. 아들 앞에서 아버지 아닌 다른 무엇이 되어 볼 수는 없다. 나는 아들의 아버지가 아닐 수 없다. 아들이 바라는 아버지이냐, 아들이 바라지 않는 아버지이냐 혹은 사회적으로 바람직한 아버지인가 그렇지 못한 아버지인가는 별개의 문제이다.

아들의 아버지와 아내의 남편으로 식탁에 앉는다. 지금부터는 한 가지의 말과 얼굴과 행동이 두 가지 말과 얼굴과 행동이 된다. 한 가지의 말과 얼굴과 행동이 아버지의 의미와 남편의 의미를 만든다. 매우 어려울 것 같은 일이 전혀 어렵지 않다. 아들도 아내도 아무런 혼란을 일으키지 않는다. 아들 혹은 아내는 아버지 혹은 남편을 잘 구별한다.

승용차를 타고 출근을 한다. 승용차를 운전하는 나는 이제 남편도 아니고, 아버지도 아니다. 단지 운전하는 중년의 남자이다. 도로 위에서는 남편의 권리와 의무도 없어지고, 아버지의 권리와 의무도 없어진다. 남편으로서의 사랑과 미움도 없어지고, 아버지로서의 사랑과 미움도 없어진다. 오직 신호를 따라 도로를 주행하는 승용차 운전자로서 교통법규를 지키기 위해 노력하고, 다른 운전자의 주행을 방해하지 않기 위해 배려하고 그리고 방어운전을 하는 나일뿐이다. 나는 운전자로서 말하고 생각하고 행동한다. 그것이 이 순간 나에게 가장 성실한 나이다.

학교에 가까워질수록 나는 교장으로 변해간다. 오늘 할일을 생각하면 할수록 더욱 빨리 교장이 된다. 등교하는 학생들과 교통 지도하는 학부모가 보이기 시작할 때쯤이면 나는 완전하게 교장이 된다. 교문으로 들어서는 순간부터 나는 교장으로 말하고 교장으로 생각하고 교장으로 행동한다.

나는 교장이기 때문에 교장이어야 한다. 교장으로 생각하지 않고 교장으로 말하지 않고 교장으로 행동하지 않으면 나는 당장에 교장이 아니다. 남편으로서 나 혹은 아버지로서 나와는 다르게 학교에서 나는 한순간도 교장이 아닐 수 없다. 퇴근할 때까지 잠시도 교장이 아닌 말을 하고, 교장이 아닌 생각을 하고 그리고 교장이 아닌 행동을 하지 않는다.

퇴근하면서 교장의 말과 얼굴과 눈빛과 행동에서 다시 운전자의 말과 행동과 눈빛과 얼굴이 되어야 한다. 그러나 나에게 여전히 교장의 말과 얼굴과 눈빛과 행동이 남아 있다. 나는 운전에 열중하기 위해 운전자의 말과 생각과 행동으로 교장의 말과 얼굴과 눈빛과 행동을 밀쳐낸다. 그것이 쉽지 않다.

약속한 모임에 도착한다. 글 쓰는 사람들이 모인다. 나는 이제부터 글을 쓰는 사람이다. 글 쓰는 사람의 말을 하고 글 쓰는 사람의 얼굴을 하고 글 쓰는 사람이 행동을 한다. 물론 글 쓰는 사람의 말과 얼굴과 행동은 전혀 정해져 있는 것이 없다. 내가 판단하여 내가 만든 말과 얼굴과 행동이다. 그래도 여기서는 아무런 문제가 없다. 도리어 그러기 위해서 여기에 모인 것이다. 글 쓰는 모임에는 남편이나 아버지나 교장의 말과 행동과 얼굴은 어울리지 않는다. 그러나 남편도 아버지도 교장도 아닌 글 쓰는 사람이 되기에는 나는 이미 너무 남편에 아버지에 교장에 익숙해져 있다. 가끔 글 쓰는 모임에 어울리지 않는 엉뚱한 말과 생각과 행동이 나올 때가 있어서 참 민망하다.

아파트에 차를 세우고 공원으로 간다. 지친 낙엽이 차가운 벤치 주위에 옹기종기 모여 앉아 있다. 내 발걸음을 따라 부스럭거리며 아는 체를 한다. 나는 이제 늦은 가을 어느 날 밤 공원을 찾은 중년의 남자이다. 지금부터는 늦은 가을 어느 날 밤 공원을 찾은 중년의 남자의 말을 하고, 생각을 하고 그리고 행동을 한다. 아무도 보는 사람이 없는 공원에서도 나는 늦은 가을 어느 날 밤 공원을 찾은 중년의 남자의 말을 하고, 생각을 하고 그리고 행동을 한다.

현관문을 열고 집으로 거실로 들어간다. 다시 남편이 되고 아버지가 되었다가 잠자리에 누워 눈을 감는다. 머릿속으로 아버지, 남편, 교장, 글 쓰는 사람 등등이 쉴 새 없이 번갈아 드나든다. 잠이 들어 아버지, 남편, 교장, 글 쓰는 사람 등등을 꿈꾼다. 그것이 나이다. 그냥 나이다. 그게 편하다. 아직도 그것이 슬프거나 억울하거나 혹은 불편하다고 말하면 세상은 나에게 그 나이에 아직 철이 덜 들었다고 타박할 것이다.

—『수필세계』 겨울

2005년 계간 『수필세계』 등단. 2006 한국교육신문사가 제정 교원문학상 가작, 2007 교원실기대회 신문 금상, 2009년 동문학상 당선, 2008, 2011 공무원문예대전 행정안전부장관상 수상.

촌평

직업, 신분, 사회적 관계에 의해 규정되는 자아의 겉모습이 '페르소나'다. 작가는 남편, 아버지, 교장, 글 쓰는 사람 등으로 바뀌는 자기 존재에 대해 생각한다. 그 어느 것도 나의 참모습이 아니지만, 합당한 구실을 수행하는 페르소나가 나의 실체라고 인식한다. 철학적 사유와 논리를 앞세우는 수필이다.

오해-똑똑한 여자

박헬레나(본명: 박영자)

 오랜만에 일가친척들이 모였다. 바쁜 시대를 숨차게 살아가느라 척간에도 집안에 애경사가 있을 때라야 겨우 얼굴을 대면한다. 씨족이 한 집단을 이루어 대소사를 상부상조하며 어우러져 살던 때는 이제 전설처럼 아득한 옛이야기다. 쉼 없이 흘러가는 시간이 엮어 놓은 그간의 사연들을 묻고 답하며 모처럼 이야기꽃을 피운다. 그 끝자락쯤에 가서 내 글 쓰는 이야기가 도마에 오른다.
 "누님, 똑똑한 올케 징그럽지 않나요?"
 오늘의 혼주인 시촌시동생이 나의 시누이인 형님을 향해 던진 물음이다. '똑똑한 여자,' 세상살이에 어눌하기 짝이 없는 내게 어울리지 않는 이름이다. 대가족 속의 전업주부 이력밖에 별 볼 일없던 여자가 뒤늦게 글을 쓴다는 것에 대한 의구심인지 거부감인지, 아니면 자기 껍질에 갇혀 주위와의 융화에 서툰 예술가들의 영역에 감히 나를 포함시키는지, 그 속뜻을 알 수가 없다. 어쩌면 농담 뒤에 약간의 비아냥거림도 숨어 있는 듯하다.

위대한 예술가들은 대체로 삶이 평탄하지 않다. 그들은 무사가 칼날을 벼르듯 혼을 벼르고, 어름사니가 외줄을 타듯 곡예를 하며 자신을 벼랑 위에 세운다. 예술과 현실생활의 골을 메우지 못해 자가당착에 빠지기도 한다. 자신의 정신세계에 주파수를 고정시켜 때로는 보편적인 사회성이 부족해 보이기도 하나 그것이 새로운 예술을 창조하는 에너지다. 거기에 반해서 나는 행주치마 두르고 밥하던 여자다. 사람들은 고착화된 나의 이미지에서 '밥'을 떨쳐내기가 몹시 어려운 모양이다.

문인에게 글이란 무엇인가. 허허한 가슴을 채우는 한 그릇의 '밥'이다. 배고픈 사람에게 밥 한 그릇이 절박하듯, 허기진 영혼에게는 한 편의 글이 위로요, 소통이요, 희망이다. 나에게는 글이 '밥' 그 이상이다. 결핍과 상처를 치유하는 약이다. 현실을 뛰어넘은 상상의 세계, 그 광야에서 낯선 언어를 만나기 위해 나는 글밭을 갈아엎는다. 흔들리는 쟁기에 손을 얹고도 끊임없이 뒤를 돌아본다. '밥'에 얽혀 있던 내 근본을 벗어나지 못해서다.

작가가 주위의 소리에 귀를 열어놓고 소통에 집착하면 명작을 창작하기는 불가능하다는 말이 있다. 오체투지로 철저히 몰입하고 사색하고 고뇌하여 탄생시킨 결과물, 그것이 창작물 아닌가. 모차르트의 음악에 대한 병적인 집착, 화가 고흐의 광적인 일탈행위가 창작에너지를 발산시키는 원동력이었다면 유감스럽게도 나에게는 그런 투철한 작가정신이 없다. 끊임없이 주위를 살피고 타의 의도를 가늠하며 보편적인 생활인에서 벗어나지 않으려고 애를 쓴다. 이렇게 나는 양손에 떡을 쥐고 있다. 그것이 진정한 작가가 될 수 없는 나의 약점이다.

문학이란 현상 뒤에 숨은, 보이지 않는 것을 찾아내고 거기에 가치와 의미를 부여하는 작업이다. 그것이 다수의 독자들에게 한 치 양보 없는 똑똑함으로 비칠지 모르나 세상사 서툴기는 바보에 가깝다. 언어를 바른자리에 가져다 놓는 것, 그것 이외에는 무엇 하나 제대로 하는 것이 없다. 아니 그것마저도 뜻대로 되지 않는다. 그저 꿈만 꾼다. 꿈꾸는 여자가 똑똑할 수는 없다.

우리는 역사 안에서나 현실에서 '똑똑한 여자'를 자주 만난다. 대개가 자기주장이 확실하고 기질이 강한 사람들이다. 그들은 냉철한 이성으로 가(可)와 부(不)를 분명히 가르며 하고자 하는 일에 확신을 가지고 앞만 보고 나아간다. 의지의 여인들이다. 목이 꺾이도록 올려다보아도 다다를 수 없는 능력의 소유자다. 한때, 똑똑한 여자이고 싶었다. 누구에게나 인정받는 무엇이 되고 싶었다. 그리고 끝없이 기어오르고 싶었다. 더 높은 곳으로.

언제쯤부터인가, 내공이 쌓이지 않은 똑똑함이 어리석음에 못지않다는 걸 느끼면서 꼿꼿이 세운 의지가 흔들리기 시작했다. 칼날 같은 지성과 부드러운 덕성을 한 그릇에 담기는 어렵다는 말로 자신에게 최면을 걸며 우화 '여우와 신포도'의 여우가 되었다. 정복하지 못할 산을 포기하면서 늘어놓은 변명이었다. 무장해제하고 있는 그대로 드러낸 소박한 삶, 그것도 나쁘지 않았다. 사람이 드러나게 똑똑한 것이 좋은 건지 그렇지 않은 건지조차 이제는 아리송하다.

'똑똑한 여자,' 똑똑함과 여자라는 부정적인 뼈다귀가 두 개 들어있는 어휘다. 어쩐지 모서리가 느껴지는 그 말을 나는 그다지 좋아하지 않는다. 사방에 정보가 넘쳐나는 요즈음 똑똑하지 않는 사람이 있는가. 모두 다 똑똑하다. 곳곳에서 여성의 활동이 두드러지고 남녀의 구별조차 의미를 잃은 시대다. 기실 똑똑하지 않으면 살아남기 어려운 경쟁사회에서 굳이 유감으로 받아들이지 않아도 될 말이다.

그럼에도 똑똑하기보다는 마음이 둥글고 웅숭깊은 사람, 세련되지 못해도 우직하게 성실한 사람을 나는 좋아한다. 그리고 나도 그러기를 소망한다. 이쪽저쪽 어느 쪽에 속하기도 함량미달인 내게 '똑똑한 여자'는 오해다. '어리바리'가 오히려 더 잘 어울리는 나의 캐릭터이다.

—『수필과 비평』 1월

2004년 『에세이문학』, 2008년 부산일보 신춘문예 등단. 한국불교문학 신인상. 대구시문예대전 대상 수상.

촌평

'똑똑한 여자'라는 화두를 두고 작가는 문학의 창조적 본질을 짚어내고, 창작하는 작가로서의 자세를 성찰한다. 창작에 임하는 작가의 진지한 태도가 잘 드러난다. 창작 본질에 대한 사유를 차분하게 풀어내었다는 점에서 메타수필로 읽을 수도 있다. 정제된 문장은 작가의 관점에 한층 믿음을 보탠다.

보스톤에서의 아침 산책

송하춘

보스톤에 있는 MIT 캠퍼스 남쪽 피어스라보라토리 빌딩 속을 걸어본 적이 있습니까? 일층 현관 유리창살에 드리운 '거미의 추'는 보셨습니까?

그날 보스톤에서의 아침 산책은 MIT캠퍼스를 둘러보는 일이었다. 멀지않은 곳에 하버드 캠퍼스가 있다는 걸 알고 있었지만, 그날 내 숙소는 케임브리지 쪽에 있었기 때문이다.

이곳저곳 아침이 깨어나는 거리를 기웃거려 보시만, 어디까시가 캠브리지 시가지이고, 어디부터가 학교 교정인지, 내 눈으로는 식별을 할 수가 없었다. 도심을 가로질러 기다랗게 철길이 뻗어 있고, 뭉게뭉게 새벽연기를 뿜어내는 보일러 굴뚝이 우뚝우뚝, 그렇게 대학 같지도 않은 대학로를 기웃거리다보니 나는 어느새 캠퍼스 한복판에 서 있는 걸 알았다. 이 길로 곧장 가면 찰스강과 만날 것이다. 그러나 찰스강 너머는 MIT가 아니라는 걸 알기 때문에 나는 그쯤 어디에선가 발걸음을 멈춰야 한다.

이것이 현대 건축의 모범이라고, 그림에서나 보던 육중한 석조건물 하나가 유난히 내 눈길을 끌어당긴다. 여기가 본관 건물일까? 미국에 가서 대학본부가 어디냐고 물으면 촌놈이라는 걸 알면서도, 나는 MIT의 중심이 궁금한 건 사실이었다.

아직은 수업이 시작되기 전 이른 아침 시간이지만, 벌써 꽤 많은 사람들이 저마다 바쁜 걸음을 움직인다. 밤새워 연구실을 지키다가 귀가하는 사람들, 이제 겨우 아침 출근을 서두르는 사람들, 그 중에는 자녀들의 원대한 미래를 위해 캠퍼스 투어를 나온 것 같은 동양인 부모님들도 여럿 있는 것 같다. 나도 따라 같은 무리의 구경꾼이 되어보는데, 건물의 이마에 새겨진 MIT가 먼저 나를 알아보고 반긴다. Massachusetts Institute of Technology.

아침햇살에 반짝이는 금발머리들의 행렬, 서둘러 건물 안으로 들어가는 롱 다리들의 분주한 걸음걸이, 나는 그들을 따라 건물 안으로 들어간다. 깊이를 알 수 없는 동굴 속 미로처럼, 긴 복도의 어둑한 갈래들이 마치 다섯 손가락을 펼친 것만큼이나 복잡하게 뻗어 있었다. 학문적 산책일랑 접어두기로 하자, 한 잔의 커피를 찾아 나는 로비 한구석에 있는 구멍가게로 간다. 아메리카노 스몰 하나! 1달러짜리 두 장을 건네면서 영어로 말하지만, 나의 영어는 나도 모르는 새에 '원'이 아니라 '하나'였다. 뚱뚱보 검정 아가씨는 말없이 계산기를 두드릴 뿐, 내 앞에 돌아오는 건 우수리 동전 한 닢과 영수증과 빈 컵이 하나. 그렇게 건너편 창 쪽을 가리키며 그녀가 던지는 영어는 요란하다. 커피는 저쪽에 있으니, 직접 가서 따라 마시라는 말일 것이다. 나는 그쪽으로 가서 나의 빈 컵을 채우고, 두 팩쯤 듬뿍 설탕을 털어 넣고, 아무데나 빈 탁자를 찾아 자리에 앉는다. 보스톤의 아메리카노는 달고도 쓰고, 독하고도 넘쳤다. 커피 한 모금 입에 물고 천장 한 번 쳐다보고, 커피 한 모금 마시고 바깥 한 번 내다보고, 그 순간 나는 현관 유리창에 드리운 '거미의 추'를 발견한 것이다.

대체 몇 마리나 되는 걸까? 어둑한 창살 위의 그것들을 하나, 둘, 셋, 나는 눈으로 헤아린다. 얼추 여섯 마리도 더 되는 것 같다. 저것들이 다 뭘까? 커튼을 여미거나 펼치는 데 쓰라고 매단 놋줄일까? 아니면 바람의 진동을 가늠하고자 매어 단 푸코의 추 같은 걸까? 그도 아니면 그냥 눈앞의 풍경을 밋밋하지 않게 하려고 달아 맨 장식품일까? 그것들은 제법 허공을 기어오르는 거미처럼 스멀거리기조차 하는 것이다.

여기는 최첨단 과학문명의 산실 MIT가 아니냐. 현대과학을 상징하는 이곳 엠 아이 티 캠퍼스의 현관 문지방에 맨 처음 거미의 추를 내딜 줄 안 그는 누구였을까?

어린 시절, 대문 밖에 걸쳐 있던 커다란 거미줄을 떠올린다.

시골 농촌이다. 거미는 밤새워 하늘 한가운데 무수한 동심원을 그려두었다가, 날이 밝으면 온몸을 드러내어 허공의 중심을 점찍고, 새아침을 맞이한다. 새벽부터 논두렁을 둘러보러 나가시는 아버지의 뒷모습과 활짝 열린 사립문과 텅 빈 앞마당과 그리고 하늘을 가릴 듯 넓게 펼친 거미줄과 거미줄에 매달린 오색영롱한 이슬

방울들, 그 거미가 지금 MIT 캠퍼스 피어스라보라토리 빌딩 현관 창살에 파수꾼처럼 매달려 있는 것이다. 하늘도 그 하늘이다. 사립문도 그 사립문이다. 문지방도 그 문지방이고, 거미도 그 거미이고, 그 거미줄에 영롱한 아침이슬이 맺혀 있었다.

현대과학문명의 최첨단을 자랑하는 MIT의 문지방에 내 유년의 시골 농촌이 주렁주렁 매달려 있었다. 나는 내 유년의 거미와 MIT의 거미를 동시에 떠올린다. 그것은 원시와 문명이었다. 시골과 도회였다. 농촌과 도시였다. 문명이 시작되는 저 먼 곳에 원시가 도사리고 있었다. 도회의 저 먼 출발지점에 시골이 자리잡고 있었다. 도시 한복판에 농촌이 살아서 꿈틀거리고 있었다.

MIT의 문지방에 처음 거미줄을 매달 줄 안 그는 아마도 시골 출신이었을 것이다. 상상력의 발동은 경험으로부터 시작되는 법이다. 체험에 기대어 추체험은 시작된다. 시골에서 거미줄을 보고 자란 소년들이 도시에 거미줄을 쳐도 치는 법이다. 발상의 근원이 유년이고, 시골이라면 지금 MIT의 거미 또한 시골에서 나고 자란 문명이 아니겠는가. 그 시골과 MIT와, 원시와 문명의 하나 됨을 실감하는 오늘 보스톤에서의 아침 산책이 나는 더없이 아름다워서 행복하다.

—『서정시학』겨울

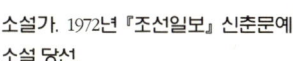
소설가. 1972년『조선일보』신춘문예 소설 당선.

촌평

외국에 체류한다는 것은 멋진 경험이다. 여행에는 두 가지가 있다. 하나는 방문형 여행, 다른 하나는 체류형 여행. 이것은 여행의 길이 때문이라기보다는 여행을 대하는 태도 때문에 그렇게 분류하는 것이다. MIT 캠퍼스에서 아침 산책을 하다 커피를 마시며 거미에 관해 생각하는 이 여행자는 체류형 여행을 할 줄 아는 사람이다.

먼 곳에 가서 문명과 원시, 시골과 도시를 대비하는 감각을 느끼며 원두커피를 마시는 여유. 이 경험 속에서 우리들이 먼 곳에서 와서 이곳에 머물다 가는 존재라는 사실이 분명하게 드러난다. 이 수필이 주는 여행의 기쁨이다.

깐깐이를 갈아엎은 무덤덤이

권신자

꼬장꼬장 따지는 아내와 단순하게 생각하고 넘겨버리는 무덤덤한 남편이 인생 천칭에 올랐습니다. 둘은 만나면서부터 의견 다툼이 일었어요. 남편 주장은 강하고 아내 생각은 인정을 받지 못하여 둘은 수평을 이루지 못했어요. 아내 의견은 늘 허공에서 버둥거리기 일쑤였지요.

결혼 전 데이트할 때였습니다. 사람들이 밀려나오는 버스터미널 앞을 지나다가 남자가 갑자기 눈꼬리를 치켜세웠어요. 남자는 옆에 바짝 붙어서 걸으라는 신호를 여자에게 보냈지만, 여자는 그만 인파에 휩쓸려 둘 사이가 뜨고 말았어요. 한참을 가다 거리가 좁혀졌고 여자는 남자가 왜 뿔이 나서 눈에 불똥을 튀며 화를 내는지 알 수가 없었지요. 삐진 남자는 내내 말을 하지 않고 한나절쯤 지나서야 언제 그랬냐는 듯이 기분이 풀어졌어요. 어이없고 답답한 여자는 들입다 따지고 싶었지만 그냥 넘어갔어요. 사랑하는 남녀 사이엔 별 문제가 될 것 같지 않아서였지요.

그런데 하루도 그냥 넘어가는 날이 없이 지지고 볶으며 살았어요. 아내는 늘 남편과 생각이 달랐지만 양보하지 않을 수 없었지요. 아내 마음을 헤아리지 못하는 단순한 성격의 남편은 으레 그러려니 하고 대수롭잖게 생각했지요. 성질이 급하고 완벽주의인 남편은 아내보다 자기 생각이 우선이었으니까요.

처녀시절에는 누구에게도 지지 않던 아내였지만, 하고 싶은 말을 다 하다가는 욱하고 치받는 남편 때문에 집안이 시끄러워질까 싶고, 착한 여자 콤플렉스에 시달리던 아내는 따지다가 못돼 먹은 여자라는 낙인이 찍힐까봐 참다참다 가슴에 멍이 들고 말았어요. 남편의 목소리 톤이 조금만 올라가도 신경이 날카로워 속이 뒤집어지는 울화병이 생긴 거였어요. 억울해서 팔짝팔짝 뛰는데도 남편은 꿈쩍을 하지 않았어요. 눈물을 흘려야 여자 맛이 난다는 남편의 말은 도대체 경위에 맞지 않는다고 생각했어요. 발악을 하며 옳고 그름을 따져 봐도 소용없다는 것을 안 아내는 차분한 목소리로 치미는 감정을 남편에게 호소해보았지요, 그렇지만 여자 형제가 드문 가부장적 집안에서 떠받들어진 남편은 아예 아내를 이해하려 들지 않았어요.

중년이 돼서야 아내는 『화성에서 온 남자 금성에서 온 여자』라는 책을 읽었어요. 좀 더 일찍 읽었더라면 덜 힘들었을까요? 아내는 그 책을 읽은 뒤에야 "남자는 생판 다른 별에서 온 까닭이야!" 라고 자신을 위로할 수 있었지요.

그러던 남편이 변하기 시작한 것입니다. 아내를 이겨먹고야 마는 남편 역시 힘들지 않았겠어요? 가정의 평온이 깨지고 속이 상한 아내가 심장병이 나서 자주 앓아눕자 남편은 가까이 놓여 있는 성경책에 눈이 갔어요. 사람을 오묘하게 남자와 여자로 지으신 창조주에 대해 궁금해진 남편은 성경말씀을 처음부터 차례로 읽어나갔지요. 물정 모르던 남편은 비로소 세상을 보는 마음의 눈이 열리고 자연만물이 새롭게 보이면서 창조주의 신비한 솜씨를 느끼게 되었지요. 남편은 인간이 자연과 어울려 살면서 넘어지고 일어서는, 성경에 기록된 여러 사람의 나약한 행위의 실례들을 읽으면서, 과거에는 무심하게 보아왔던 주위 사람들을 유심히 보게 되고, 자신을 부딪치는 현실에 견주어서 돌아보게 되었지요.

피조물로서 지으신 분의 의도에 맞게 사람다운 사람으로 살아야 할 바른길을 알게 되었고, 또 그 길을 걷기에는 턱없이 부족한 자신임을 알고, '인생살이의 지혜가 이런 것들이구나!' 하는 큰 깨달음과 기쁨을 맛보았지요.

가장 먼저, 아내는 성(性)적 상대로서만이 아닌, 자기 몸의 일부라는 사실을 알게 되었지요. 아내의 난산으로 죽을 고비를 넘기며 태어난 자식들을 새롭게 대하게 되자 아내를 '뼈 중의 뼈요. 살 중의 살'이라고 깨달았을까요. 부부가 살면서 온전히 하나로 합쳐지는 비밀을 눈치 챘을까요.

고정관념에 사로잡혀 꼬장꼬장하던 아내는 시시때때로 갈아엎는 남편의 쟁기질과 담금질로 인해 껍데기를 보던 마음이 파헤쳐지고 속에 살아 숨 쉬고 있는 창조의 본성대로 남편을 돕는 배필로서 살아가지 않고는 견뎌낼 수가 없었지요. 그것은 때때로 자신의 마음

밭에 뿌려지는 문제의 씨앗이 건조하든 습하든, 그날의 날씨가 궂든지 좋든지 상관없이 '창조주의 뜻' 인 그 내조의 힘이 버티고 있으므로 싹이 나고 잎이 돋고 꽃을 피운다는 사실을 알게 된 것입니다. 그제야 그렇게 살아내기는 대단히 부담스런 짐인 걸 알지만 다시 기쁜 마음으로 살아갈 만했지요.

이제 아내는 남편에게서 무시당한다는 선입견이 사라지고 새로이 눈을 떴지요. 남편의 듬직한 면모를 발견하게 된 것입니다. 남편은 시대적으로 상처 입은 흔적에 스스로 시달릴 수도 있고, 인간이 심히 나약한 존재라는 데까지 생각이 미친 아내는 "역시, 악(자기중심, 이기심)을 가지고 있는 내가 누구를 비난할 수 있단 말인가" 하고 깊이 자각했지요. 남편이 '멋지고 좋은 남자'로 완벽하길 바라는 자신의 집착에 그 원인이 있었던 것을 안 것입니다. 어린아이같이 순수한 남편을 유치하게 보고 오만한 자신의 틀 속에 가두려했던 것을 말이지요.

아내는 자신 속에 늘 내주(內住)하신 창조주께서 오래 참아 기다려주시는 그 사랑을 느끼고, 때때로 측은히 여겨 잘못을 용서해주시므로 다시 힘을 차리고 일어서는 자신을 보았어요. 이미 용서받은 자신과 남편의 약하디약한 인성을 깨닫고, 때마다 하는 일마다 자신과 남의 허물을 용서하면서 사람 사랑하는 법을 배우게 되었지요.

사람을 '만물의 영장'으로 대우해주신 까닭과 그 기대를 알게 되면서부터 남편은 47년의 인생살이를 되돌아보고 반성하여 새로이 순응하면서 온유한 성품으로 변해갔습니다.

가정을, 가정의 질서를 인간의 근본 질서로 알게 된 아내는 자신을 사랑했기에 알게 모르게 담금질해준 남편을 존경하게 되었지요. 창조주를 알고, 자신을 여자로 지으신 목적과 그 빈틈없는 삶의 질서가 느껴졌기 때문이예요.

47년을 함께 부대끼는 동안 부부애는 물론 '사람은 넘어지면서 남을 넘어뜨리고, 다시 일어서면서 남도 일으켜준다' 는 인간애를 터득한 것입니다.

―『수필과 비평』 4월

2009년 『에세이스트』 24호 등단.

촌평

남자와 여자가 함께 살아가야 하는 것은 하늘이 정한 이치다. 언제부터 왜 그렇게 되었는가를 설명하는 방법은 참 여러 가지이지만, 그러나 남녀가 부부를 이루어 자손을 만들어 가고 그럼으로써 인간의 생명이 유지되어간다는 것은 만고불변의 법칙이 되어 있다. 그럼에도 불구하고 서로 다른 토양에서 자라 알지 못하는 체질과 성벽을 타고 났기에 서로 만나서 평화로운 일만 있을 리 없다.

이 불가해한 만남을 설명하는 여러 방법 가운데 하나가 그것을 신의 뜻으로 보는 것이다. 이 수필은 서로 다를 수밖에 없었던 사람들이 세월이 흘러 서로의 경험을 통해 배우고 소통해 나가는 과정을 담백하게 그려내고 있다. 인생은 어떻게든 문제를 해결하지 않고는 못 배기는 것이다.

꼬마 뚝배기

왕 린

가을비 추적거리는 날, 된장찌개하려고 재료를 꺼내다 그 애와 마주쳤어. 큐사인을 기다리는 배우처럼 자신만만해 보이더라고. 톱톱한 찌개에 안성맞춤인 게 고놈인지라 나도 당연히 그 애를 찍었지.

'꼬마 뚝배기!'

오래전에 집들이 선물로 들어온 거야. 아가리 지름이 채 한 뼘도 안 되지만, 얼마나 암팡져 보이던지. 어떤 센 불에도 끄떡없을 것 같았어. 불이 닿는 아랫부분은 유약이 묻지 않은 흙빛이고, 무늬가 새겨진 윗부분은 회갈색 유약을 살짝 발라 나름 멋을 냈더군.

여느 집이 그렇듯 우리 집에도 냄비가 수두룩해. 스테인리스를 비롯해 법랑, 자기, 양은냄비까지. 다른 냄비를 놓고 비교하자면 뚝배기는 그리 세련됐다고 볼 수 없지. 투박하기 이를 데 없고 무겁기가 웬만해야지. 능청스러움을 짐작 못 하고 덜컥 잡았다가는 손 데기 십상이고.

그런데 조금 미련해 보이는 뚝배기가 보통 쓸모 있는 게 아니야. 은근하고 구수한 맛에 길든 우리 정서를 담아내는 데 그만 한 그릇이 없더란 얘기지. 국물 바특하게 잡아 끓인 된장찌개, 그 맛을 제대로 살려내는 데는 제격이야. 보기에는 깔끔해도 된장에 스테인리스가 어디 어울리기나 할 법인가. 분 바르고 앉아 자기만 위해달라는 법랑 냄비나 어쩐지 오만해 보이는 자기 냄비는 이미 제쳐두었고. 끓는다 싶으면 못 참고 들썩거리다 홀라당 뚜껑까지 날려버리는 양은냄비는 좀 경박해 보이잖아. 후딱 달아오를 때는 언제고 금세 냉랭해지는 게 변덕 심한 여자 같기도 하고. 그와는 달리 상 위에 올라앉아서도 한참을 보글거리며 열을 품고 있는 뚝배기를 보면 자기 태어난 불 온도를 기억하는 것 같아. 맵다 짜다 탓하지 않고 묵묵히 조려낼 줄도 아니 최고라는 얘기야. 뜨겁다 안달하지 않고 달아올라서도 진득하게 그 열 품어 주는 뚝배기의 미덕을 더 말해서 뭐해. 좀 더디고 투박하지만 속정 깊은 사람을 보는 것 같아.

하긴, 내가 예뻐한다고 좋은 것만은 아닐지도 몰라. 허구한날 불 달고 사니 열 받기 마땅할 게고. 요긴하다고 만만하게 대한 게 새삼 짠한 마음이 들어 자세히 들여다봤어. 아이고, 이걸 어째. 낯빛 이상하다 싶었지만 지금 보니 영 아니네. 본정 모르고 무심했다지만, 이리 상한 것을 몰랐을까. 빛깔은 그렇다 쳐도 이 얼룩 좀 봐. 찌개가 넘치고 탄 흔적으로 꼴이 말이 아니잖아. 이미 물 건너갔는데 수세미질 아무리 한들 바탕이 다시 돌아올 리 만무고.

가만, 바닥에 그어진 실금은 또 뭐야. 얼마나 애 끓였으면 이리 줄가고 말았을까. 다부져 보인다고 센 불에 들입다 끓여댔으니 가뜩이나 조그만 몸뚱이가 성할 리가 있겠냐고. 이 정도 금 갔으면 찌개국물이 안 샜을까. 물기를 말끔히 닦아내고 물을 받아 봤어. 눈 씻고 봐도 물 한 방울 내비치는 흔적이 없단 말이지. 어떻게 태어난 몸인데 실금 한 줄에 무너지겠느냐 항변하듯 이 악물고 버티는 중인지도 몰라.

새삼스럽게 내 모양새와 견주어 보니 다를 게 하나 없군. 윤기 가신 얼굴빛은 그렇다 쳐도 깊어가는 주름을 훈장이라고 말할 수 없는 노릇이잖아. 숱한 산길 누비고 다닐 때는 무쇠 다리인 줄 알았는데 얼마전부터 무릎도 삐걱대고.

밖은 여전히 비가 내리네. 된장 뚝배기를 올려놓고 불을 댕겼어.

'보글보글, 지글지글.'

빛 이울고 금 갔지만, 뚝심으로 버티며 팔팔 끓는 것, 그것이 지금 할 수 있는 가장 멋진 일이라고 들리는 것은 우연이 아닐 거야. 내 삶도 저 꼬마 뚝배기만이나 하면 좋으련만.

―『에세이스트』 겨울

2008년 제40회 신사임당 문예대회 수필부문 수상, 2010년 『에세이문학』 등단.

촌평

우리들 생활의 새료들 가운데 유난히 우리들에게 사랑 받는 것들이 있다. 그 가운데 하나가 뚝배기다. 이런 것들은 우리들에게 단지 생활의 편리만을 가져다주지 않고 그것에 덧붙여진 아우라로 인해 많은 생각과 기쁨을 준다.

뚝배기는 냄비와 달라서 처음부터 확 달아오르지 않고 서서히 그러나 나중에는 감당할 수 없는 온도로까지 올라가 그 뜨거움을 유지시켜 준다. 늘 삶이 지속되기를 원하는 우리의 심성은 쉽게 뜨거워지고 식는 것보다 천천히 올라가도 높이 유지되는 상태를 사랑한다. 뚝배기가 바로 그런 존재다. 이 수필은 그것에 우리가 품은 정의 아기자기함을 보여준다.

목리문(木理紋)

이기창

　내 작은 다실에 들어서면 저절로 경건해진다. 자연의 신비가 느껴지기 때문이다. 다실 가운데에 다탁(茶卓)이 떡하니 자리잡고 있으니 단연 다실의 분위기를 주도한다. 다탁의 소재는 주목인데 길이는 어른 키의 평균치를 넘고 너비도 칠십센티미터 가까운 원판이다. 주목이라는 이름처럼 붉은 피부에 온갖 무늬로 수를 놓은 듯하다. 그냥 바닥에 놓이는 건 천 년을 사는 고고한 체면에 맞지 않기에 소나무 등걸 위에 올라 앉아 있다.

　좋은 다탁을 만들기 위해서는 청정한 곳에서 수백 년을 자란 거목이 필요하다. 그것도 초겨울, 나무에 물이 마를 때 베어서 오랜 동안 잘 건조시키고 숙성시켜야 된다고 하니 참으로 힘들고 어려운 과정이다. 흙이 물을 만나 새싹을 잉태하면 어린 생명은 태양의 도움을 받아 거목으로 자란다. 햇빛과 바람, 눈비를 맞으면서 수백 년을 자란 나무가 장인(匠人)의 영혼을 머금고 다탁으로 태어난 것이다.

나무에는 목리(木理)라는 것이 있다. 나무의 일생을 담은 세월의 흔적이다. 술이 제 맛이 나려면 오랫동안 숙성시켜야 하듯이 나무도 오랜 시간 잘 숙성시켜야 속살이 곱게 드러난다. 속살이 선명하게 드러나야 제대로 된 목리문(木理紋)을 만날 수 있다. '목리문'은 국어사전에 '도자기를 만들 때 서로 다른 흙을 섞어 이겨서 나뭇결 모양으로 놓은 무늬' 라고 되어 있다. 하지만 다탁의 목리문은 글자 그대로 나뭇결 무늬다. 목공예 장인으로부터 목리문에 대한 이야기를 듣기 전에는 그 신비를 제대로 느끼지 못했었다. 목리문은 주목의 그것이 가장 아름답다고 한다.

주목은 키가 20m 이상, 굵기도 2m가 넘도록 자라지만 생장이 느리다고 한다. 나무 중에서 수명이 가장 길어서 한 왕조보다 긴 세월인 천 년을 살고, 목재로서 수명도 천 년을 간다고 해서 주목을 두고 '살아 천 년, 죽어 천 년'이라는 말이 생겼다고 한다.

나무 둥치를 가로로 자르면 나이테가 나온다. 한 해의 삶이 고단하고 목말랐다면 나이테의 간격이 좁지만 수분이 풍부하고 영양이 좋았다면 간격은 넓어진다. 열대 지방 나무의 나이테가 간격이 넓은 건 생장 환경이 좋은 탓인 때문이다. 숙련된 목공이 나이테를 보면 나무의 종류는 물론 생장 지역과 땅심은 물론이고 한 해 동안 햇살과 비바람이 어떠했는지 짐작이 간다고 한다.

하지만 나무 둥치를 세로로 자르면 나무의 본질인 목리문이 드러난다. 사람으로 치면 나이테는 나이 표시이고 목리는 성품인 셈이다. 십여 년 전 안동의 고가구 장인(匠人)인 N선생 덕분에 구하게 된

주목 다탁이 이제는 차 생활의 보물이 되었다. 안동 댐을 만들 때 수몰 지역에서 나온 나무로 만들었다고 하니 벌써 사십 년 가까운 세월이 흘렀다.

목리문을 알고부터는 차 한 잔의 의미가 새롭고 신비해졌다. 그 신비가 그리울 땐 주전자에 물을 데운다. 다관(茶罐)에 뜨거운 물을 따르고 차를 넣으니 은은한 차향이 연기처럼 퍼져 나간다. 차 한 잔을 하면서 목리문을 내려다보노라면 절로 사유의 세계로 빠져든다.

주목 다탁의 목리문은 뭉게구름이 피어나는 형상 같기도 하고 잔잔한 물결이 퍼져가는 듯도 하다. 젖무덤 같은 동산인가 했는데 이내 천애(天涯) 절벽으로 변한다. 거기에는 민족의 숨결과 기상이 서려 있다. 안동 땅의 기운이 배어 있고 따스한 봄볕이 바람과 함께 숨어 있다. 또한 한 여름 장맛비가 스며 있고 북풍한설이 배어 있다. 그뿐이 아니다. 파도처럼 번져가는 무늬결은 유난히도 많았던 안동지방 독립운동가들의 염원인 듯 보이고, 구름처럼 피어나는 모습은 수많은 선비들의 문향(文香)으로 느껴진다. 대유학자인 퇴계 선생과 문하생들이 그 나무 아래서 시가(詩歌)를 읊는 소리가 들리는 듯하다. 천애의 절벽 모습은 질곡의 세월 속에서 낭떠러지에 떨어져 신음하는 밑바닥 인생의 애환을 연상케 한다. 물결이 번져가고, 향기도 소리도 퍼져나간다. 그건 영원한 그리움의 바람이다

해마다 봄날이 오면 나무는 새 옷을 입는다. 햇살이 달아오르면 옷은 두꺼워지고 나무는 종족 보존의 거룩한 사명을 위해 혼신을 다한다. 어느덧 바람 소리, 새소리는 추억이 되고 나뭇잎은 낙엽 되어

거름이 된다. 생(生)과 멸(滅)은 자연의 이치이지만 사람의 삶에는 새로 태어남이 없지 않는가.

불현듯 내 삶의 목리문은 어떤 모양새가 될까 궁금해진다. 곱게 피어나는 구름의 모습도, 잔잔한 물결 모습도 아닐 성싶다. 정신이 번쩍 든다. 갑자기 밖에서 들려오는 사람들의 다투는 소리가 공명(共鳴)이 되어 귀청을 울린다. 자연은 목리문처럼 아름다운 모습으로 남는데 나의 삶의 모습이 다탁에 박힌 옹이처럼 남지는 않을까 두려워진다.

— 『한국수필』 4월

『한국수필』 등단. 제2회 백산 문학제 신문 우수상, 제3회 경북 문화체험 전국수필대전(대구 일보사) 입상.

촌평

나무는 참 덕목이 많은 존재다. 나무는 스스로 자양분을 만들어 살아가기에 남을 해치지 않는다. 나무는 나무마다 적당한 거리를 두고 살아가기에 자유로운 존재이며 남의 자유를 침해하지 않는다. 나무는 자기가 뻗어나가고 싶은 대로 가지를 뻗어 나가는 자유로움이 있다. 나무는 뿐만 아니라 위를 향해 뻗어오르는 향상심을 가지고 있다.

나무를 생각하면 우리는 사람이 갖지 못한 많은 것을 생각하며 경건한 마음을 갖게 되는 경우가 많다. 말 없는 나무나 말 많은 사람보다 어쩌면 그렇게 삶을 아름답고 풍요롭게 살아가는지 모른다. 이 수필은 주목의 목리문에서 삶의 의미와 가치를 되새기고 있다.

누름돌

최원현

　나이가 들어가면서 더욱 확실해지는 것이 있다. 앞서 세상을 사신 분들의 삶이 결코 나만 못한 분은 없다는 생각이다. 눈에 보이는 결과물로서가 아니다. 그 분들이 살아왔던 삶의 날들은 분명 나보다 훨씬 어려운 환경과 조건의 세상살이를 하셨다. 그런 속에서도 묵묵히 그 모든 어려움과 아픔을 감내하면서 자신의 몫을 아름답게 감당하셨던 것이다.

　요즘의 나나 오늘의 상황을 살펴보아도 그분들보다 어렵다고는 할 수 없겠고, 특히 그분들이 처해 있던 시대는 지금에 비교도 할 수 없이 열악한 참으로 어렵고 힘든 시대였었다. 그럼에도 묵묵히 보다 좋은 세상을 바라면서 엄격하게 당신들 스스로를 절제하고 희생하셨다. 그분들의 어느 한 삶도 결코 오늘의 우리만 못 할 수 없다.

　그런데도 요즘 사람들은 저 잘났다는 표를 지나칠 만큼 서슴없이 해댄다. 향기도 지나치면 역겨움이 되지 않던가. 멋을 낸답시고 호화로운 옷에 최고급 승용차를 타고 다녀도 그런 모습이 부럽고 아름답게 보이기보단 거들먹대는 모습으로 거스르게 보인다. 그러나 무명 적삼 무명 두루마기에 흰 고무신을 신은, 어린 눈에조차 초라해 보이던 앞 세대 어른들 모습은 지금에 생각해도 훨씬 더 아름답고 품위 있고 위엄 넘쳐 보인다.

강원도 정선엘 갔다. 다들 냇가로 나간다고 해서 나도 따라 나갔는데 그곳에서 수석(壽石)을 한다고 했다. 하지만 내 눈에는 아무리 봐도 그저 돌일 뿐이었다. 다들 의미를 부여한 돌 한두 개씩을 가져 가는데도 나만 빈손이다가 문득 어린 날의 할머니 생각이 났다. 할머니께선 한 해에 한번쯤은 부러 냇가에 나가서 납작 동글 손바닥만 한 돌멩이를 한두 개씩 주워 오셨다. 그걸 무얼 하려느냐고 물으면 누름돌이라 했다.

누름돌, 나는 그때 그게 어떤 용도로 쓰이는지 알지 못했다. 그러나 나중에 그 용도를 알게 되면서부터는 나도 학교에서 돌아오다 냇가에서 그런 돌을 주워다 드리면 할머니께선 매우 좋아하셨다. 그 어린 날이 생각나 뒤늦게 마음이 급해져 누름돌로 쓸 만한 것을 찾아보았다. 어쩌면 그건 순전히 할머니에 대한 그리움일 수도 있겠지만 내 삶에도 그런 누름돌이 필요하단 생각도 했을 것 같다.

누름돌은 모나지 않게 반들반들 잘 깎인 돌이어야 한다. 그걸 깨끗이 씻어 김칫독 수북한 김치 위에 올려놓으면 그 무게로 아주 서서히 내리누르며 숨을 죽여 김치 맛이 나게 해주는 돌이다. 그런가 하면 조금 작은 것은 때로 밭에서 돌아와 저녁을 지을 때 돌확에 담긴 보리쌀을 쓱쓱싹싹 갈아내는 돌이기도 했다. 그래서일까. 그 돌은 어두운 부엌에서도 금방 알아볼 만큼 빛이 났다. 밤낮 없는 할머니나 이모의 쓰임에 따라 더 닳고 손때가 묻어 반질반질해진 때문이었는지 모르지만 어쩌다 나도 손에 쥐어보면 돌의 차가움이 아닌 왠지 모를 따스함이 느껴지기도 했다.

요즘 내게 부쩍 그런 누름돌이나 돌확용 돌이 하나쯤 있었음 싶다는 생각이 들곤 한다. 뭔가 모를 것들에 그냥 마음이 들떠 있고 바람 부는 대로 휘둘리는 키 큰 풀잎처럼 좀처럼 내 마음을 안정시키기가 어렵다. 이런 때 그런 누름돌 하나 가져다 독안의 김치 꾹 눌러주듯 내 마음도 눌러주었으면 싶다. 거친 내 마음을 돌확에 넣고 확돌로 쉭쉭 갈아주었으면 좋겠다. 그래서 스쳐가는 말 한마디에도 쉽게 상처받고, 욕심내지 않아도 될 것에 주제넘은 욕심을 펴는 날카롭게 결로 깨진 돌 같은 감정들도 지그시 눌러주거나 갈아내 주었으면 싶다. 아니다. 그보다 짜고 맵고 너무나 차가워 시리기까지 한 김장독 안에서 보아주는 이 없어도 자신을 희생하며 곰삭은 김치 맛을 만들어내는 누름돌 같은 사람이 될 수는 없을까.

그렇게 생각해 보니 옛 어른들은 다 누름돌이거나 최소한 누름돌 하나씩 품고 사셨던 분들 같다. 누가 가르쳐주지도 누가 그렇게 하라고 안 해도 아주 자연스럽게 누름돌이 되었고, 또 상대를 자신의 누름돌로도 인정했다. 그렇게 내뻗치는 기운을 억누르고, 남의 드센 기운은 아름답게 받아 안는 희생과 사랑의 마음으로 서로 나누고 이해하며 살았었던 것 같다. 그렇기에 그 어려운 삶의 현장, 차마 견디어낼 수 없던 시대의 질곡에서도 아픔과 고통을 감내할 수 있었으리라.

우리 집엔 그때 내가 정선에서 가져온 누름돌이 단단히 한몫을 했다. 베란다의 항아리 안에서일 때도 있고, 오이지를 담글 때도 곧잘 사용되었다. 요즘이야 보리쌀을 갈아 밥 짓는 일은 없어졌으니 확돌이 될 일은 없지만 어쩌다 제 몫의 일이 없어 바닥에 놓여 있거나 항아리 뚜껑에 올라와 있어도 어린 날을 추억케 하면서 내 삶의 누름돌이 되게 한다.

두 동강이 나버린 누름돌을 보시며 안타까워하시던 외할머니 모습도 생각난다. 단순히 못 쓰게 된 돌 하나가 아니었던 것 같다. 웃자라는 욕심이나 성급한 마음, 서운함으로 파르르 떨리던 마음, 시집살이 고된 삶의 눈물까지 누름돌을 씻으며 삭이던 친구 같은 존재였을 것이다. 그래 설운 마음 꾸욱 누르고 누르고 하셨던 그 마음이 담겨 있었을 그게 깨져버렸으니 마음이 찢기는 안타까움에 헤어짐의 슬픔까지 느끼셨을 것이다.

내 나이도 이젠 들 만큼 들었는데도 여전히 팔딱거리는 성미며 여기저기 불쑥불쑥 나서는 당돌함을 다스리지 못하고 있다. 누름돌이 없어서일까. 이제라도 그런 내 못된 성질을 꾹 눌러 놓을 누름돌 하나 잘 닦아 가슴에 품어야겠다. 그게 나뿐이랴. 부부 사이에도 서로 누름돌이 되어주는 것이 좋겠고, 부모 자식 간이나 친구지간에도 그렇게 된다면 세상이 훨씬 더 밝아지고 마음 편하게 되지 않을까.

김장을 처가에서 해 와서인지, 김치 냉장고 때문인지 지난 겨울부터 내내 베란다 바닥에 누름돌이 하릴없이 놓여 있다. 나도 그게 특별히 쓰일 데가 없어 그냥 본 체 만 체했다. 그러나 내일은 마침 집에 있게 되니 아내 몰래 저 두 개의 돌을 깨끗이 씻어 뚜껑 덮인 항아리 위에라도 올려놓아야겠다. 그걸 보며 왠지 모르게 들떠 있는 내 마음도 꾹 누르면서 말이다. 아니다. 그러기도 전에 정성껏 김장독에 올려놓던 할머니 모습이 먼저 그리워질지도 모르겠다.

—『수필과 비평』 10월

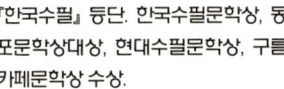

『한국수필』 등단. 한국수필문학상, 동포문학상대상, 현대수필문학상, 구름카페문학상 수상.

촌평

돌은 자연에 그냥 묻혀 있으면 돌 그 자체일 뿐인데, 이것을 사람이 가져다 쓰게 되면 의미가 담긴 유정물이 된다. 돌은 어린아이 손에서 놀면 공깃돌이 되고, 수석가의 눈에 들어가면 관상용 돌이 된다. 돌은 다듬잇돌이 되기도 하고 주춧돌이 되기도 하고 섬돌이 되기도 한다.

돌은 누름돌이 되기도 한다. 눌러서 제 맛이 나도록 도와주는 돌을 보고 우리 위의 선배들을 생각하는 그것은 삶이라는 것이 근본적으로 위에서 아래로 서로 이어가며 유지되어 나가는 것임을 알고 있는 지혜로운 사람의 모습을 보여준다. 누름이 없고서야 이어짐도 없다.

아버지의 손

박종철

아버지의 손은 험상궂다.

검불을 긁어모으는 갈퀴처럼 엉성하다. 손가락은 길고 마디가 굵어 마치 게 발 같기도 하다.

아버지는 일제 식민지시대에 군청에 다녔다. 펜대를 잘 놀리는 아버지는 달필이어서 칭송을 많이 받았다.

그러던 어느 날, 아버지는 시골 면장으로 발령을 받았으나 의견충돌로 사표를 던지고 말았다. 펜대를 집어던진 아버지는 할아버지가 이루어놓은 가산 덕으로 유유자적하며 생활을 즐기고 있었다. 그 무렵 한양에서 한량생활을 하던 친구가 찾아왔다. 그 친구가 던진 낚시에 코가 꿰어 마작과 사업에 손을 대기 시작하였다.

원래 법 없이도 산다는 아버지는 세상물정에 까막눈이나 다름없었다. 친구는 그 점을 노린 것이다. 오래 가지 않아 아버지의 재산은 거덜이 났고 농토도 남의 손으로 넘어갔다. 할아버지마저 일찍 세상을 뜨시자 외아들인 아버지의 손은 거침이 없었다. 결국 살고 있던 집마저 빚에 넘어가고 가족은 한데로 나앉게 되었다. 이때부터 가족의 수난은 시작되었고 이버지의 인생도 내리막길을 걷게 되었다. 내 유년의 시절이었다.

그 후에도 시집간 큰 딸을 구슬려 여러 번 사업자금을 손에 쥐었으나 아버지의 굵은 손마디에서 물처럼 새어나가고 말았다.

애초에 이재에 밝지 못한 아버지가 펜대에서 손을 떼고 사업에 손을 댄 것부터가 돌이킬 수 없는 실수였다. 남을 의심할 줄 모르고 남의 의사에 끌려 다니는 아버지를 두고 주위에서는 우유부단하다는 핀잔까지 돌았다.

그러나 아버지의 글씨만은 단아하고 기품이 있으며 물 흐르듯 유려하다. 글씨로만 따진다면 천하의 복을 다 누릴 것 같은 명필이다. 그 좋은 필체를 왜 서예의 길로 들어서지 않았는지 안타까움으로 남아 있다.

아버지는 중년에 어업조합에 서기로 취직이 되었다. 가난에 시달리던 가족들은 모처럼 안도의 숨을 쉬었다. 오랜 방황 끝에 이제는 가족의 입을 굶기지 않겠다 싶었다. 작은 행운마저 아버지를 비켜가는 것일까.

어느 날 밤, 당직을 하던 아버지는 조합숙직실에서 마작 판을 벌였다. 모든 눈이 마작 판에 쏠려 있는 틈을 타서 밤도둑이 금고를 털었다. 아버지의 당번 날 금고가 털렸으니 책임을 지고 또 펜대를 놓게 되었다. 다시 빈손이 된 것이다.

그 후 읍내에서 사법서사를 하던 친구 분들이 아버지의 딱한 사정을 알고 사무실 한 켠에 행정서사 책상 하나를 마련해 주었다.

사법서사 일은 사건이나 부동산 관계를 취급하기 때문에 수입이 짭짤했지만 행정서사란 관공서에 필요한 서류를 대필해주는 정도라 수입이 변변치 않았다. 그러나 사무실에서 펜대를 잡고 일하시는 아버지의 모습을 먼발치로 바라만보아도 어깨가 으쓱해지기도 하였다.

아버지가 마지막 손에 쥔 직함이 행정서사였다. 지금도 단 한 장 남은 명함을 가보처럼 보관하고 있다. 그 명함 속에는 아버지에 대한 연민과 그리움이 스며 있기 때문이다.

말년의 아버지는 두 손이 묶인 채 별다른 생계수단을 찾지 못했다. 자식들은 뿔뿔이 흩어져 제 갈 길을 찾아 나섰다. 본심만 붙들고 있는 아버지는 고난의 연속이었다.

본래 손은 두뇌의 하수인이다.

두뇌가 시키는 대로 손이 움직일 뿐이다. 손은 기구를 만들고 문명을 일으키고 예술을 창조하고 무기를 만들어 전쟁을 일으키고 세상을 변화시킨다. 아버지는 뇌가 시키는 대로 손을 놀렸을 뿐이다. 그것도 철저하고 정직하게 말이다.

친성이 착한 분이라 남에게 싫은 소리 한마디 못하고 해코지 한 번 못하시는 분, 가난한 이웃에게 후한 인심을 베풀던 분. 아버지의 성품은 선하고 어지신 분이었다. 그토록 따뜻하고 선한 성품이 뇌를 통해 손에게 무엇을 지시했을까. 짐작하고도 남을 일이다.

펜대에 익숙하고 글씨에 능통하고 서류작업에 기능을 발휘하던 아버지의 손이 사업으로 옮겨갔을 때, 뇌에서 지시하는 것은 현실과 동떨어진 엇박자일 수밖에 없으렸다. 아버지의 고달프고 공허하였던 삶은 순전히 본성으로 타고난 성품 때문이었다.

　나는 어렸을 때부터 사람들 앞에 손을 내놓기를 꺼렸다. 동무들이 "애, 네 손은 꼭 도둑놈 손같이 크다." 아버지의 큰 손을 닮은 내손이 부끄러웠다. 하여 젊은 시절 아버지가 성심껏 해주신 글씨체 표본을 몰래 숨겨버리고 답습하지 않았다. 아버지의 인생을, 아버지의 손재주를 닮고 싶지 않아서였다. 하지만 내손은 아버지의 손을 빼닮았다. 아버지의 우둔한 성품마저 전수받은 것이다.

　회사생활을 하늘같이 떠받들고 그 길에서 벗어나지 않으려고 무진 애를 썼다. 아버지의 손을 닮지 않기 위해서였다. 그래서 가족을 굶기지 않을 수 있었고 안정된 생활을 누릴 수 있었다. 펜대를 꼭 잡고 있었기 때문이다.

　지금 내손은 아버지의 명필을 외면하고 글을 빚는 장인의 손이 되어 있다. 아버지의 능필처럼 좋은 글을 쓰고 싶은 것이다.

　손을 물끄러미 내려다본다. 그 손 위에 아버지의 손이 포개진다. 뜨거운 물기가 가슴으로 흐른다.

　아버지의 손에 죄의 그늘을 심어주지 않고 피를 묻히지 않은 것만으로도 축복으로 생각하자.

　아버지의 천성이 문양처럼 내손에 새겨져 있다. 소심하고 융통성 없고 세상물정에 어두운 것 역시 아버지의 성품 그대로다.

　그러나 노년에 물려받고자 한 것은 아버지의 따뜻함, 너그러움, 이웃사랑, 소탈함, 그리고 순수함이다.

　이러한 아버지의 본성이 내 글 속에 녹아들었으면 한다. 아버지의 달필에 비하면 내 필체는 흉내 낼 수 없는 악필이다.

그러나 아버지의 명필에 버금가도록 아름다운 예술을 창조해 가기위해 노력할 것이다.

갈퀴같이 험한 도둑놈 손으로…….

―『월간문학』 11월

1991년 『수필문학』 1월호 등단.

촌평

아버지라는 존재는 아들에게 참 귀한 존재다. 그러나 이 귀함을 어렸을 때는 알지 못한다. 또 그때는 아버지에 대한 관심도 없다. 아들은 그냥 자기 생명력을 빌고 나가는 것이 어렸을 때의 의무인 때문이다. 이 생명의 의무 때문인 것을 알지 못한 채 아들은 아버지에게 반항심을 품고 자기 삶을 새로 만들어가려 한다.

하지만 세월이 흘러 자기 생명의 의무가 어느 정도 달성될 때가 오면 이제 생명으로서가 아닌, 인간으로서의 아버지 이해가 시작된다. 이때야말로 아버지가 아버지로 새롭게, 그리고 밝게 이해되는 때다. 이 수필은 그러한 이해에 바탕을 두고 씌어진 글이다.

물의 느낌

이고운(본명: 이윤임)

　등이 물에 닿는다. 물이 등을 만진다. 청진기는 내 귀에다 꽂아주고 등 안쪽의 소리는 물이 듣는다. 뼈를 점검한다. 아! 오래전에 나무 등걸 메고 산을 내려오다 짓눌렸던 척추, 4번과 5번 사이를 삐져 나오려는 물렁뼈를 주무르며 진찰을 시작한다. 신호가 온다. 내 척추의 역사. 물이 보고서를 타전한다. 회신이 오는가. 이상하다. 추울렁 쿠울렁 바위가 우는 느낌이다. 그 울음이 내 등판에 물타자를 친다. 톡, 톡톡, 아주 노련한 독수리 타법이다. 청진기에 웅성거림이 있다. 오래전에 내가 잊은 고어(古語) 같다.
　척수에 저장되었다가 기억을 잃어버린 입자들, 그 세세한 그림들을 물거울로 비추어 본다. 거울을 포개고 각도를 이리저리 맞추어 본다. 아무래도 내 등뼈는 지나치게 단단한가 보다. 두드리는 물의 타자가 현대문으로 성형되지 않는다. 파도가 와서 거든다. 좌에서 우에서, 제 맘대로 흔든다. 눈꺼풀을 덮었으나 눈은 잠들지 않았다. 점점 물속이 환해진다. 포식성이 강한 물방개가 잠수타기 놀이를 하고 있다. 어서 잠들라고 주인이 소등을 하였으나, 파도가 굼틀굼틀 내 등짝을 들었다 놨다 잠을 뭉갠다. 심술을 놓는가, 깨어 있으라는 듯이. 뒤척이며 안간힘을 쓴다. 뭉친 내 근육을 풀어주려고 딴엔 안마를 하는 모양이다. 엷은 간지럼을 태운다. 그러다가 사정없이 주먹질로 팬다.

점점, 좀 심하다. 왜 이러는지, 파도가 이토록 내게 애달파하는 이유가 뭘까? 물 밑으로 생각을 깊이 밀어 넣는다. 울렁거린다. 좌우전후로 진자가 커지면서 높 낮은 물봉우리를 오고 간다. 참다 못한 돌미역들이 물밑을 많이 흔드는가 보다. '팩' 하는 해초의 효험을 느껴보려고 눈을 감아본다.

파도가 또 잠을 쫓는다. 눈초롱 안으로 저만큼 고래등이 보인다. 푸우 물을 뿜으면서 굼실굼실 보였다 안 보였다 한다. 검은 파도가 길길이 날뛰며 밀려온다. 아무 도움도 안 되는 새우 떼 멸치 떼가 모였다 흩어졌다, 투망 치는 무늬를 그린다. 그것도 진정효과가 있긴 있나보다. 의식의 마지막 지점을 넘어서려는데 등 밑에 달린 회전날개에 뭐가 걸리는 느낌이다. 대마도일까? 암초일까? 파도와 물이 서로 갈등하는 것으로 봐서 대한해협을 건너나 보다. 애무가 불규칙해진다. 수심이 얕다지만 늘 역사의 파고가 높았던 곳. 뜨거운 물이 밀려오다 차가운 물이 밀려오다 한다. 왜인에게, 왜바람에 신들린 수길에게, 수도 없이 깨어졌을 대한해협의 파도들이 이렇게 내 척추의 순도를 점검하는 연유를 짚어본다.

겁먹지 말자고 탕에서 출렁이는 물속에 미리 등을 담그고 나오지 않았는가. 신경을 진정시키느라 마른 오징어를 씹었고, 술로 목을 헹구고 과자 부스러기들로 이빨을 깨물지 않았는가. 하지만 메스껍다. 물은 척추를 만지고 어르는데 파도는 등을 두드리고 몸을 흔든다. 울렁일 때마다 머리가 어지럽다. 목에 쥐가 난다. 등으로 받는 애무, 등으로 느끼는 오르가즘이 좀 심하다. 울컥울컥 입으로 쓴 것이 올라온다. 찬바람을 씌우면 좀 가라앉을까 선상으로 나온다. 그때의 바다. 절망을 겹겹이 칠했던 바다, 지난 역사를 다 쓰려고 밤새워 먹을 가는 맷돌이 돌고 있는가? 검은 낯빛을 번질거리는 파도 골짜기에 소주 한잔 뿌려 잠시 읍을 올린다.

다시 등이 물을 맞는다. 척추를 어루만지는 잔잔한 손길을 타고 역사의 소리들이 청진기로 몰려와 들끓는다. 고국을 돌아보며 바다를 건넜을 귀와 코, 그 베어짐의 귀성(鬼聲)들이 지금도 이렇게 내게 수전파로 오고 있다. 마지막 왕실의 옹주를 위로하는 최 어른의 손길에서 나오는 소리도 나의 애를 끊나니. 슬프게 빼면 더 슬프게, 기쁘게 빼면 기쁨으로 나오는 은의 소리, 오늘 이 밤바다를 슬프게 은을 빼면서 지나간다. 젊었던 시인의 별 헤는 밤이 부지런히 어머니를 향해 물결을 탄다. '황막한 광야에 달리는 인생아' 어느 바위에 앉아 머리 빗는 인어의 애절한 노래가 수중음으로 울린다. 해저에서 파도를 부수며 수도 없이 건너오는 소리, 소리들. 옛, 그 어느 날 내 척수의 원조들이 이렇게 살아남아서, 대륙붕의 바다를 건너는 등을 아프게 안마한다.

물은 어디로든 흐른다.

'관부연락선'에 흐르던 물, 그 회한을 파도 타는 대한해협의 물은 물이 아니었다. 이제는 '부관훼리호'로 바뀌었다. 아늑한 삼등선실에 등에 닿는 물의 느낌. 그냥 흘러온 물이 아니다. 깜깜한 서녘 수평선으로 기우는 조각달을 안주삼아 깡소주 한 잔 입에 탁 털어 넣는 느낌 같은…….

―『수필과 비평』 6월

2004년 『계간수필』, 『월간문학』 등단.
2002년 개천문학 신인상.

촌평

　　바다와 배와 작가의 몸이 함께 요동치는 율동의 미학을 끈질기게 추적한 글이다. "등이 물을 맞는다"는 은유는 이고운이 건져 올린 느낌의 일부로서 소재에 침잠한 작가의식과 오감으로 대상을 포옹한 물아일체가 수필의 의미화에 미치는 효과를 살필 수 있는 모델로 선정할 만하다.

3부 웃다가 병든 사람들

갑과 을 / 정성화
무 / 이은희
물방개의 변 / 전　민
땡감 설 / 조후미
낙엽주 특강 / 반숙자
촛불 제사 / 구　활
나는 엉덩이를 좋아한다 / 임만빈
종지기의 수박 / 이귀복
책상에 오른 뱀 / 박정희

갑과 乙

정성화

　순둥이 아내가 얼마 전부터 싸움닭으로 변해 집에 들어가기가 겁난다고 했다. 다들 믿기지 않는다는 표정으로 K를 쳐다보았다. 자신의 아내는 평생 말대꾸를 모르는 사람이라고 했던 사람이다.
　'질량불변의 법칙'이라는 게 있다. 종이를 태우면 종이는 없어지지만, 연소 때 나오는 기체와 재의 질량을 합하면 처음 종이의 질량과 같다는 것이다. 이 원칙을 사람의 성질에 적용하면 '성질 총량 불변의 법칙'이 된다. 누구든 갖고 있는 성질의 총량은 같으나, 그것을 섣불리 내보이느냐 마느냐, 대상과 시기와 장소를 분별하느냐 하지 않느냐의 차이가 있을 뿐이라고 나는 생각한다. 행복은 콩물처럼 부르르 끓어 넘치기가 쉽다. 그래서 가슴에 남는 양은 그다지 많지 않다. 그러나 분노와 울분은 무거워서 가슴속 저류조에 그대로 고인다. 우리가 행복했던 기억보다 슬프고 힘들었던 기억을 더 오래 갖고 있는 이유도 여기에 있다. 가부장적이고 고압적인 K의 기세에 눌려 조용히 살아온 그의 아내가 더 이상 참지 않겠다고 작정한 모양이다. 비에 젖은 짚단 같은 침묵을 깨고 내가 말했다. 싸움닭에도 정년이 있으니 사모님은 곧 일반 닭으로 돌아가게 될 거라고, 그러니 너무 걱정하지 말라고.

세상은 대개 '갑'과 '을'의 관계를 바탕으로 해서 돌아간다. 누가 '갑'이고 누가 '을'이냐 하는 것은 간단하다. 돈을 푸는 쪽이 갑, 그 돈이 무사히 건너오기를 기다리는 쪽이 을이다. 비행기 안에 앉아 있는 승객과 서서 왔다 갔다 하며 서비스를 하는 스튜어디스, 옷을 입어보는 고객과 옷을 입혀주는 백화점 직원, 여성 잡지를 뒤적이며 거울 앞에 앉아 있는 손님과 미용사, 이들이 갑과 을의 관계다. 을을 한자로 쓰면 목이 긴 오리 모양(乙)이다. 갑이 쥔 목줄에 끌려가지 않으려고 버팅기기에 을의 목은 너무 가늘다. 을의 기질적 특징은 화를 잘 참는다는 것과 상대방의 기분을 잘 간파한다는 것이며, 갑의 특징은 자신이 지불하는 돈의 가치를 누가 두 배로 올려놓을 수 있을지 잘 파악한다는 것이다. 갑이 되고 싶은 을, 갑의 자리를 끝까지 지키려는 갑, 그들의 치열한 접전 덕에 그나마 경제라는 게 돌아가는 것 같다.

부부라는 것도 일종의 계약 관계다. 평등한 관계로 시작하지만 서시히 갑·을 관계로 바뀌는 수가 많다. 어떤 계약이든 갈등이 있게 마련이지만, 부부라는 관계는 아무리 불만이 많다 하더라도 쉽게 청산할 수 없다. 자식이 인질로 잡혀 있기 때문이다. K댁에는 지금 갑과 을의 자리를 두고 치열한 접전이 벌어지고 있는 듯하다.

자신의 기분을 다스리는 감정관리가 직무의 40퍼센트가 넘는 일을 하는 사람을 '감정 노동자'라고 한다. 손님이 모욕을 주어도 "사랑합니다, 고객님"하는 백화점 판매원, 성희롱이나 음담패설을 하는 손님에게도 "사랑합니다, 고객님"하는 전화 상담원, 비행기가 심하게 흔들리는 악천후 비행 속에서도 한결같이 미소를 짓는 스튜어디스 등이 이에 해당한다. 아무리 화가 나도 고객 앞에서는 무조건 참아야 한다는 것 때문인지, 이들 중 상당수가 우울증이나 가슴 통증, 만성피로, 소화불량 등의 증상을 겪고 있다고 한다. 그야말로 '웃다가 병든 사람들'이다.

나도 지난날 억울한 일을 당한 적이 많다. 울분이 내 가슴팍 아래에서 계속 갸르릉거렸지만, 강아지 어루만지듯 내 마음을 달래는 수밖에 없었다. 그때 나는 아주 가느다란 목을 가진 乙이었으므로. 부당한 줄 알면서도 입을 떼지 못했고, 속임수가 있는 줄 알면서도 끝내 아는 척을 하지 못했다. 그러면서 나는 깨달았다, 제 성질을 어느 정도까지 부릴 수 있느냐가 바로 그 사람의 인생 폭이라는 것을.

"내 성질 다 죽었다. 옛날 같았으면 그 놈은 버얼써 내 손에······."

포장마차 옆자리에 앉은 두 남자가 직장 상사의 비열함을 성토하고 있었다. 제법 취기가 오른 남자는 양손으로 모가지를 부러뜨리는 시늉을 했다. 가슴이 답답할 때 뒷산에 올라 마을을 내려다보고 있으면 마음이 다소 풀리는 것처럼, 시간을 거슬러 올라가 보는 것도 현실을 달래는 한 가지 방법이다. '옛날 같았으면,' 그 말은 힘없는 '乙'들이 잠시 쉬어가는 언덕인 것이다.

우리가 제 성질을 마음껏 부릴 수 있는 시기는 언제일까. 아마 태어나서 돌이 되기 전까지일 게다. 울어도 해결되지 않는다는 걸 알게 되면서 우리는 철이 드는 게 아닐까. 살다보면 모가지를 부러뜨리고 싶은 상대가 어디 한둘이랴. 그러나 대부분의 사람들은 '감정 노동자'

로 살 수밖에 없다. 어쩌다 '갑'의 눈 밖에 나서 땅에서 뽑히는 날, 아직 덜 여문 채 줄줄이 딸려 올라올 것들을 상상하면 아찔하다. 그래서 조용히 그리고 '갑'이 시키는 대로 살아가는 것이다. 샐러리맨인 아들 녀석의 말에 따르면, 회식 후에 벌린 고스톱 자리에서 절대 상사의 돈을 따선 안 되며, 상사가 아무리 썰렁한 농담을 하더라도 무조건 박장대소해야 한단다. 그날따라 아들의 모가지가 더 가늘어 보였다.

 나 역시 감정노동자로 살아가고 있다. 빳빳하던 내 성질을 꼬깃꼬깃 접어 장롱 맨 아래 서랍에 넣어둔 지 한참 되었다. 월급을 풀어놓는 '갑,' 남편의 비위를 맞추기 위해 가기 싫은 등산도 따라나서고, 지지부진한 TV드라마도 같이 보며, 한참 빗나간 그의 억지발상에도 맞장구를 친다. 그런데 이렇게 살아도 되는 걸까.

—『에세이문학』 여름

2000년 『에세이문학』, 2003년 부산일보 신춘문예 등단. 2006년 제24회 현대수필문학상 수상.

> 촌평
>
> 세상은 갑과 을로 이루어진다는 사실을 명쾌하게 밝힌 인식력이 돋보인다. 가지지 않은 자를 변호하고 인색한 현실을 고발하는 작가는 "乙의 모양이 목이 가느다란 오리"라는 말과 같은 놀라운 언어를 곳곳에서 펼친다. "내 성질 다 죽였다"는 소시민의 혼잣말에 다다르면 "나도"라고 말하게 되는 자장(磁場)을 지닌 작품.

무

이은희

역시나 녀석을 찾고자 뒤적인다. 나는 생선 조림을 먹을 때면 으레 녀석을 제일 먼저 찾는다. 날것의 싱싱함을 찾아볼 순 없지만, 그의 남다른 맛을 나의 혀는 여전히 기억한다. 누군가는 씹는 맛도 없는데 무에 그리 좋아 찾느냐고 말할지도 모르리라. 그것은 무의 맛을 진정 모르는 사람의 소리이다.

무란 녀석은 한마디로 자신밖에 모르는 이기주의자다. 결론부터 말하자면, 언제 어디서든 남의 것을 제 것인 양 전부를 가져가기 때문이다. 그리고 어떤 대상을 만나느냐에 따라 그의 맛도 확연히 달라진다.

생선 조림의 무는 생선의 자양분과 바다의 향기를 그대로 끌어안아 짭짤한 맛으로 변신한다. 또 김장 김치의 속에 박은 무는 어떠한가. 결이 삭은 무의 맛은 시원하고 새큼달큼하다. 무를 직접 먹어봐야 알지, 어찌 그 맛을 문자로 형용할 수 있으랴. 어디 그뿐이랴. 겨울날 살얼음이 동동 뜬 동치미 속 납작하게 썬 무는 곰삭은 고추의 맛을 더하여 깨끗하다. 참으로 무는 변신의 귀재이다.

무를 예찬하고자 운을 뗀 것이 아니다. 남의 자양분을 자신의 것인 양 뽐내는 녀석의 이기심을 알리고 싶어서다. 무의 생장기를 살펴봐도 자신밖에 모르는 녀석임을 알 수 있다. 밭의 두둑을 차지하고 자라면서 푸른 얼굴을 세상에 내밀어 자신의 굵기를 자랑한다. 농부는 그 녀석이 잘 자라도록 가으내 거름을 주며 떡잎과 겉잎을 따주며 정성을 다한다. 마침내 햇볕을 가려주던 싱싱한 푸른 잎은 단칼에 제거되고 뿌리인 무가 인간의 손안에 들지 않던가.

어찌 보면 무는 인간 세상에 자식의 모습과 비슷하지 않나 싶다. 나 또한 맏이로 태어나 땅에 닿을세라, 젖은 자리에 누울세라 애지중지 부모님의 품 안에서 고생을 모르고 자랐다. 당신의 육신이 망가져도 아랑곳하지 않으며 자식을 돌보는 것이 부모가 아니던가. 그런 부모님의 모습은 무가 자라던 밭이며, 푸른 잎과 같다. 자식의 걱정은 결혼해서도 끝이 나지를 않는다. 혹여 당신처럼 딸만 낳을까봐 정화수를 떠놓고 비손하는 모습을 자주 보았지 않던가. 그렇게 부모의 끝없는 관심과 사랑으로 자식은 성장한다.

그러나 자식은 그 과정을 알지 못한다. 아니 모른척하는지도 모른다. 무가 식탁에 올라 인간의 뱃속으로 들어갈 때까지 녀석은 분명히 자아도취 상태였으리라. 남의 자양분을 빼앗아 지금의 자리를 차지했건만, 혼자 잘난 양 우쭐대다 인분이 되어 자연으로 돌아가야만 알겠는가. 자식 또한 마찬가지리라. 자신이 누구의 음덕으로 여기까지 왔는지 돌아볼 일이다.

얼마 전 신문에서 부모님을 모시길 꺼린다는 언짢은 기사를 보았다. 부모 봉양하기를 십이 년 새에 54%가 줄었다고 한다. 자식 봉양을 받지 못하는 홀로 사는 노인의 삶은 빈곤의 나락으로 빠져들고 있단다. 이 땅에 부모 없이 태어난 자식은 어디에도 없잖은가. 시쳇말로 '세상이 거꾸로 돌아간다' 라는 말이 맞는 것인 성싶다. 무가 아무리 잘났어도 '무' 일 뿐이다. 세상이 바뀌었다고 해도, 자식이 아무리 지위와 명성이 높다 해도, 혼자 태어나 장성할 순 없지 않은가.

이에 맞닿아 지인에게서 들은 서글픈 이야기가 떠오른다. 명성 높은 분의 어머님이 중병에 걸려 투명 중이란다. 그런데 잘난 아들은 업무가 바빠서 병원에 한 달에 한 번도 얼굴을 내밀지 않는다고 한다. 아들은 두어 달에 한 번 얼굴 보이는 것이 무에 자랑이라고 여기저기 말하여 내 귀에까지 들리게 하는가. 자식을 그리워하며 홀로 투병할 그분의 어머님을 생각하니 이 땅에 자식으로서 고개가 절로 숙여진다.

무가 싫다는 소리가 아니다. 어머니가 없는 틈을 타 부엌에 들어가 간이 짭짤하게 밴 무를 달게 먹었던 기억이 떠올라서다. 시간이 꽤 흘렀건만, 무에 얽힌 나의 유년시절 기억이 잊히지 않는다. 어머니는 무를 넣은 고등어조림을 만들어 아버지의 밥상에 자주 올렸다. 요리할 때 눈도장만 찍었지 생선에는 감히 젓가락을 댈 수가 없었다. 세월이 흘러도 난 그 빚을 갚으려고 무만 찾는지도 모른다.

나를 식물에 비유한다면, 아마도 무와 닮았으리라. 무가 이기적이라고 했지만, 그 이기심이 내 모습과 닮아 있어 싫어할 수가 없다. 그렇다고 음식의 맛을 맛깔나게 돋우는 무처럼 잘나지도 못하다. 그러나 인간이 무와 다른 점인 행위를 선택할 수 있다는 걸 알고 있다.

현재의 삶은 자신이 매순간 행한 선택의 결과이다. 내가 부모님께 알게 모르게 저지른 행위나, 많은 사람이 부모 봉양을 꺼리는 일 또한 당신의 선택에 달린 것이다.

법정의 "과거도 없다. 미래도 없다. 항상 현재일 뿐이다"라는 문장은 지금 이 자리, 현재의 삶이 중요하다는 것을 강조한다. 과거를 지울 순 없다. 그러나 앞으로 똑같은 실수를 범하지 않으며, 또 다른 과거에 후회를 줄이는 일이다. 그러기에 무에게 바치는 나의 애증은 지속되리라.

—『창작산맥』 가을

2004년 『월간문학』 등단. 2004년 제7회 동서커피문학상 대상, 2007년 제13회 제물포수필문학상, 2010년 제17회 충북수필문학상, 2012년 제17회 신곡문학상 본상 수상.

촌평

언어라는 푸른 무청을 입혀 뽑아낸 글, 이 작품은 이은희 수필세계를 보여주는 특징을 모두 지니고 있다. 그녀가 골라낸 무는 어머니의 자식 사랑과 홀로 견디는 노인의 삶을 함께 보여준다. 식탁에 무 무침을 올리는 날, 맵지 않은 무 반찬에 목울대가 뜨듯해진다면 그것은 이은희의 '무' 맛과 글맛이 함께 남아 있기 때문이다.

물방개의 변

전 민(본명:전성순)

지는 충청도 당진 봉화산 아래짝 둠벙에 사는 물방개유. 논도랑이나 하천에 마실 다니며 노는 하찮은 목숨이쥬. 꺼멓고 딱딱헌 등껍질을 가졌지만 맴은 모질지 뭇허고 행동이 굼뜨지 않아 지법 재바르구먼유.

재주가 신통찮다보니 지픈 물속까지는 들어가들 뭇허유. 기냥 수면 아래 얕은 디서나 툼벙거리며 물잠자리 같은 것이 놀러오기를 기다리곤 허쥬. 그러다 물 밑바닥서 메기나 잉어 같은 놈들이 꼬리를 탕탕 후려치며 나타나면 거센 물살에 바깥으로 퉁겨져 나갈까봐 부들이나 왕골을 꼭 붙잡고 있슈. 워쩐대유. 살기 위해서는 힘센 무리들이 행차를 마칠 때까지 얌전히 숨죽이고 있어야지. 그게 심(힘) 없는 것들의 숙명 아닌개뷰. 워쩌다 사나운 바람이 물결을 한바탕 휘젓고 달아난 뒤 우렁이나 소금쟁이 게아재비 같은 동지들을 만나면 워치기나 반갑구 의지가 되든지유.

지 등껍떼기 좀 보슈. 때깔이 얼마나 고고헌가. 대뜸 봐도 흑진주

같잖유? 가장자리에 금줄까지 둘렀슈. 줄방개라 불리는 물땡땡이허군 차원이 다르유. 모냥새는 얼추 비슷허지만 지는 단백질이 들어 있는 것만 골라서 먹유. 육식성이란 거쥬. 물땡땡이가 썩은 식물을 먹어치우는 연못의 청소부 노릇을 한다면, 지는 붕어마름, 물옥잠, 생이가래 같은 푸성귀 따윈 죽어도 입에 안 대유. 입이 고급이란 말유. 입만 고급인 줄 알유? 취향도 고급이유.

물자라, 물장군, 장구애비들과는 분명히 다른 구석이 있슈. 물에 사는 곤충이라고 한통속으로 보면 곤란허유. 습성이 다 같지는 않으니께유. 물장군은 먹이를 닥치는 대로 집어 삼키는 탐욕이 흠이구유, 장구애비는 작은 물고기를 잡아서 즙을 쏙 빨아먹고 껍데기만 남기고서는 시치미를 뚝 떼는 응큼한 구석이 있어 정이 안 가더만유.

원젠가 물맴이가 비아냥거리며 묻데유. 너는 왜 가만 있질 못허고 여기저기 헤집고 싸돌아댕기고는 허능겨? 때 움시 철학자처럼 실눈을 떴다 감았다 당최 눈꼴 시려서 못 보겠다야. 세상이 뭐 별거냐? 니가 무슨 스쿠버다이빙을 한답시고 물속을 들락거리며 자맥질을 해쌌고 그려. 나처럼 실바람 물결에도 뱅글뱅글 춤을 추며 살면 오죽이나 좋아. 궁상 삭으메 떨구 저처럼 할랑할랑 댄스나 추며 가비얍게 살라고 어벌쩍 훈수를 두더라구유.

그류. 물맴이 말도 맞유. 그치만 산 목숨들은 죄다 욕망과 호기심을 가지고 있잖유. 지는 먼 곳에 대한 그리움이 있슈. 암만 물방개로 시상에 왔지만 우물 안 개구리는 되기 싫다구유. 수심 지픈 곳을 쏜살같이 오가는 메기나 급할 것 읍다는 듯 대감처럼 뻐끔뻐끔 여유부리는 잉어들은 뭔 생각을 허는지, 진흙 속에서 뒹구는 미꾸라지는 또 워처게 숨을 쉬는지 궁금허단 말유. 그러니께 심장이 벌렁대두 다이빙을 허구는 허쥬. 되는대로 살지 뭐러 그런 골치 아픈 걸 알려 하냐구유?

그러기 말유. 암만도 팔자소관이겠쥬. 수중도 아닌 공중도 아닌, 물과 공중이 만나는 경계선인 수면을 생활의 터로 삼았으니, 날든가 가라앉든가 둘 중 하나를 하라는 신의 뜻이 담긴지도 물르겠슈. 눈을 좌우, 상하 두개씩 네 개를 달아 준 데는 그만한 까닭이 있을 거란 생각이 들어유.

누가 그러데유. 살기를 포기한 물괴기만이 허옇게 배를 뒤집고 물위로 떠내려 간다구. 산 것과 죽은 것의 차이. 호기심과 욕망이 빠져나간 삶은 죽은 것이나 다름 읎쥬. 안 그류? 다슬기처럼 바닥에 납작 엎드려 있는 듯 읎는 듯 살 수도 있구, 물맴이처럼 물위서 맨날 춤이나 추며 살수도 있겠지만 한번 뿐인 삶인디 그렇기만 살다가기는 이응 밍밍허구 싱겁잖유. 여기도 머릴 디밀어보고 저기도 발을 찧으면서 삶을 풍성하게 가꿔보는 것이쥬.

듣자허니 저기 연어 같은 것들은 태평양 어디까지 나갔다 돌아온다고도 허구, 강바닥 뱀장어도 바닷물이 들어오는 어귀에서 놀아야 몸뗑이가 실허고 영양가가 높아진다고 허더라구유. 파도 넘실대는 바다로 나가 긴장을 맛보고, 불안도 겪어보고, 더불어 자유와 평화를 누리면서 수없이 격랑의 파도타기를 해봐야 제대로 성어가 될 수 있다는 말이 아닐는쥬.

잔챙이 괴기가 가시는 세다는 말이 있슈. 아직은 보는 눈이 넓들 뭇혀서 둠벙이나 저수지만 맴돌 뿐이지만 앎을 익히고 소양을 쌓다

보면 은젠가는 강물로 뜀박질해갈 수 있겠쥬. 더러 녹색 광택이 나는 등짝을 살살 밀어주는 바람과 개구리밥이며 자라풀, 어리연 같은 물풀들의 노랫소리를 듣는 것도 나쁘진 않유. 그런 날은 공연히 입이 헤벌쭉 벌어져서 냉큼 구름위로 날아가는 꿈을 꾸기도 허는디…….

살아내기가 수월한 날은 하루도 웁슈. 요새는 물이 자꾸 오염되고 생태계가 흐려져서 지도 숨이 컥컥 막힐 때가 많구먼유. 이러다간 물방개 보기도 쉽지 않을 날이 올 것 같유. 개수가 줄어드니 동료들 만나기가 여간 어렵지 않네유. 가슴 아픈 일이쥬. 시류에 합류해서 매가리 읎시 대충 사는 맹꽁이들이 있지만 지는 심 닿는디까지 파고 들어가 보려구유. 발 돋우고 뛰어봤자 별수 읎다고 물맴이 녀석이 여전히 퉁바리를 주겠지만 포기는 허지 않을 거유.

여름은 물방개 철이 아닌감유? 소나기도 장맛비도 이젠 두렵지 않다니께유. 다릿살이나 좀 짱짱했으면 싶유. 거미도 줄을 쳐야 벌레를 잡는다구 파피루스에 문자를 짜 맞추려면 뒷심이 받쳐줘야 허잖유.

근물 나고 나면 삽농사니는 죄다 떠내려가고 있을 것만 남아 있더라구유. 그럴 때는 어디든 발이 닿으면 죽기 살기로 뿌리를 내리는 식물한테서 본을 배워야 허유. 무슨 일이 있어두 목숨은 지켜야 허니께 단단한 갯버들 뿌리 신세를 지는 수밖에유.

그렇기 용케 살아 남아서 천천히 숨 한번 길게 들이마시고 물밑 지픈 곳으로 만행을 떠나려는디 괜찮겠쥬? 들어가서 메기나 장어와 부딪치면서 한 마장 귀동냥이라도 하게 되면 푸른 새 터럭이 돋아나지 않겠슈. 워치기 허면 그토록 결이 곱고 향그러운 비늘을 만들 수 있는지, 뭘 먹으면 근엄한 수염 대신 재치와 유머 넘치는 지느러미를 달 수 있는지, 네 개의 눈으로 낱낱이 살펴보려는디 잘 될라나 모르겠네유.

보호망도 웂시 부실한 등피로 뭣 땜에 그런 부질없는 짓을 헐라느냐구유? 그렇기 눈 땡그랗게 뜨고 쳐다보지 마슈. 다른 뜻은 웂스니께. 굳이 변(辨)을 하자면 허물을 벗기 위함이랄까, 쳐진 더듬이를 빳빳이 세우기 위한 몸짓이랄까 뭐 그런 거유.

오래 살다보면 해파리헌티도 뼈가 생긴다는 말이 있데유. 누가 알유? 진득허게 한곳을 바라보고 있으면 면벽한 스님이 도를 깨우치듯 어느 참에 기적 같은 일이 벌어질는지.

지 몸에 날개가 있다는 것을 알유? 새끼 연어가 알래스카 연안으로 먼 여행을 하고 돌아와 마지막 의식을 치르고 여정을 마감하드끼, 이 물방개도 언젠가는 습지에 알을 낳고 죽기 전에 꼭 한번 날아오를 거구먼유.

얼러리, 원제 시간이 이렇게 되었댜. 해가 뉘엿뉘엿 허네유. 싸게 싸게 걸망을 챙겨야겠슈. 응원 부탁휴.

—『한국산문』 7월

2005년 『에세이문학』 등단.

촌평

어렸을 때는 친한 곤충들이 많다. 잠자리는 정말 아름다운 친구다. 가을날 벼 베기 전후 들판에 날아다니는 잠자리들을 쫓아다니는 기쁨이란 이루 말할 수 없다. 또 그 가을날의 메뚜기는 어떤가. 그 풍요롭던 가을날의 아름다움은 맛보지 않으면 알 수 없는 기쁨이다.

그 가운데 물방개라는 것도 있다. 여름날 개울가에 가면 지천으로 볼 수 있었던 물방개가 지금도 그렇게 그 자리에 있는가. 몸에 날개가 달려 있으면서도 유난히 몸이 충청도 사투리처럼 굼떠 어린 아이들에게도 쉽게 잡혀 주고 그래서 함께 맴돌이를 하면서 노는 여유를 가진 그 곤충의 추억이 사투리에 실려 구수하게 풀려나오는 글이다.

땡감 설(說)

조후미

　사내가 계집을 찾는 것은 세상 이치요 음양의 조화라.
　사내와 계집 사이만큼 끈적이는 것이 하늘 아래 또 있을런가. 알고 보면 그도 그럴 것이. 그네들은 태생이 자궁이니 찐득찐득 끈적거리는 것이 당연지사 명약관화로다.
　허나, 화접(花蝶)이 꿈을 꾸되 동상이몽이렷다.
　계집은 마음이 동하는 사랑을 원하고 사내는 몸으로 사랑을 구하니, 계집을 찾는 사내의 욕심은 앞뒤 잴 것도 없이 아랫입이구나. 비극도 이런 비극이 따로 없다. 나온 곳이 같고 먹고 자란 것이 같으나 생각은 다르니 도무지 이해는 가지도 않고 오지도 않더란 말이냐.
　계집 마음을 얻으려고 해구신에 비아그라 좋다는 약 모다 먹고 쇠구슬에 해바라기로 꽃 장식을 했것다. 허나 야동이란 야동 다 섭렵해도 알 수 없는 것이 계집의 마음이라. 보들보들 토끼털인 줄 알고 덤볐더니 앙칼진 고양이 발톱이로다. 크기와 두께에 집착하는 것은 계집이 아니라 사내들이라 하니 종선여등(從善如登), 착한 일 하기

거 참 힘들다.

교합의 성패가 물건 때문이라고 믿는 사내들, 계집을 힘으로 다스리려는 완력 좋은 사내들의 합의 없는 행위가 땡감을 먹는 것과 다를 바 무엇인가. 익지도 않은 감을 억지로 따먹으면 떫고 쓰고 배 아프니 이것이 어찌 사내가 할 짓이란 말인가. 그렇다고 감이 저절로 익기를 기다리자면 혈기왕성한 사내는 계룡산으로 들어가 도인이 되어야 할 터.

계집의 마음을 알 길 없어 답답하고 복장 터지는 사내들에게 속 시원히 해답을 주는 이 없으니 참으로 가련한 일이라. 하여 내 오늘 일설을 풀려고 하는데 들을 준비 된 사내는 몇이나 되는고.

이것은 은근히 땡감을 단감으로 바꾸는 비방이렷다.

땡감 우리기엔 인내심이 필요하고 기다림은 고진감래라. 된장 항아리에 땡감을 넣으면 된장 맛이 배어 구수해지고 소금물 항아리에 넣은 땡감은 씹히는 맛이 일품이로다. 이 땡감 항아리를 군불지핀 아랫목에 이불 씌워 우리면 땡감은 알아서 떫은맛을 버리니 이보다 쉬운 일이 어디 있으랴.

땡감을 단감으로 바꾸는 제일법직은 시각이라.

계집의 눈 속엔 삼라만상이 고여 있으니 이제껏 한 번도 지 계집 눈 속에서 제 얼굴 본 적 없는 사내라면 반성해야 할 것이로되, 감이든 호박이든 뭐든지 뚫을 기세로 달아 올랐으니 어느 세월에 계집 눈을 들여다보느냐고 욱하지 말고, 황금에 눈이 어두워 거위의 배를 가르지도 말며, 격정에 사로잡혀 배를 침몰시키지도 말고, 오직 올망(網) 같은 계집의 눈 속에 빠져 보는 것이 상책이라. 계집의 눈에 비친 제 모습이 다정해 보인다면 필경은 계집이 그런 마음으로 사내를 보고 있음이니 그 사내 참말 자상하다 칭찬받아 마땅하다.

여기까지 하고서 인자 다 되었다고 한 입 덥석 베어 물면 이때 먹는 감은 땡감과 단감의 중간 맛이라. 단맛은 떫은맛에 묻힐 것이니 일찍 서두름은 아니 먹음만 못하구나.

사내는 시각에 약하고 계집은 청각에 예민하다 하지 않던가.

계집의 귓전에 들려주는 여름밤 같은 사내의 숨소리를 어찌 미약하다 할 것인가. 네가 세상천지 제일가는 미인이라 속삭이는데 어느 계집이 웃기지 말라고 콧방귀를 뀌겠는가. 속삭임은 우주의 소리가 되고 둘만의 언어는 은밀하게 혈관을 타고 흘러 달빛보다 부드러운 밀어가 될 것이라. 잠자리에서 쓰는 말은 세상에서 가장 저급해도 괜찮으니. 시작이 쑥스러울 뿐 익숙해지는 날엔 얌전한 암고양이가 교태를 부리고 북풍한설은 춘풍으로 변할 것이라. 아득한 격정으로 치닫는 계집의 얼굴이 고혹적이구나.

시각과 청각에 만족을 얻은 다음 단계는 촉각이라.

어루만짐은 이쪽의 오감이 충족되어야 저쪽의 감각도 확장시킬 수 있느니. 섣부른 손길은 소름만 돋울 뿐, 만족과 불만족은 한끝 차이로다. 사내의 다정한 마음 앞에 봄 눈 녹듯 약해지는 것이 계집의 정이라. 진심과 정성을 담아 어루만지면 수세미처럼 거친 사내의 손이라도 보드라운 깃털처럼 느껴질 것이로되. 목덜미에서 등허리까지 사내의 손길 미치는 곳마다 파르르 솜털이 일어서니, 계집의 전율하는 그 모양이 어떠한고. 천년만년 열릴 것 같지 않던 문이 빗장을 푸는 구나.

하나 더하기 하나가 다시 하나가 되는 것은 인생사 가장 오묘한 비밀이라. 하룻밤 사이에 땡감이 단감이 되는 이 비밀이 크도다. 몸과 마음이 통한다면 안드로메다가 지척인데 홍콩이 대수일까.

방사는 둘만의 축제임이 틀림없은즉, 사내들아 이래도 땡감을 먹을 텐가.

―『현대수필』 여름

2007년 『현대수필』 통호 등단.

촌평

문학에서 성(性)을 다루는 것은 불가피한 만큼 사랑은 그 욕망을 포장하는 언어에 불과하다. 만일 이것이 성담론이라면 수필에서 성은 어디까지 허용될까. 조후미는 그 실험을 땡감과 단감에 은유하여 "화접(花蝶)의 꿈"을 풀어낸다. 수필이 품격의 문학이라는 관념에 도전하면서 발칙한 언어로 풀어낸 글이라 할 것이다.

낙엽주 특강

반숙자

음성천을 에워싸고 있는 튤립나무 가로수에 단풍이 한창이다. 5월부터 우람한 나무에 예쁜 잎사귀가 눈길을 빼앗더니 늦봄 주홍색 아리따운 꽃으로 또 한번 감동을 주고 이제는 노랗게 물들어 행인들 발길을 멈추게 한다.

그 길 끝에 강의실이 있다. 강의실 뒤는 설성공원이다. 공원에는 각가지 나무들에 가을이 피고 있다. 한옆에는 어르신들을 위한 게이트볼 장이 있고 곳곳에 정자가 있어 주민들의 휴식공간으로도 손색이 없다.

지금 우리 교실에는 수필을 배우는 중년의 수강생들 눈이 빛나고 있다. 게이트볼장에는 어르신들이 단풍 빛깔의 운동복을 입고 게임에 열을 올린다. 이때 창문을 뚫고 들어오는 소프라노 목소리가 찰그랑거린다. 재미있는 것은 남자 노인들만 운동을 할 때는 조용한 경기장이 여자 노인이 몇 분 끼면 고성이 오가고 급기야는 언쟁으로 발전한다. 지금도 소란하기 그지없다. 이 강의실에서 맞고 보낸 가을이 십여 년이다.

은행나무가 옷을 벗는 하오였다. 칠판에서는 수필의 주제에 대해 열을 올리고 있는데 한 회원이 창밖에 눈을 주고 정신을 놓고 있었다. 해찰도 전염이 되는지 옆 회원이 고개를 돌리고 또.. 또…… 나도 슬그머니 고개를 돌렸다. 아, 공원에는 낙엽비가 하염없이 내리는 것이 아닌가. 감성이 풍부한 작가 지망생들은 저마다 다른 사유로 공원에 지는 잎들에게 마음을 빼앗기고 있는 것이었다.

수업이 불가능하다는 사실을 간파하고 책상을 정리하고 공원으로 나갔다. 그리고 급하게 준비한 종이컵과 포도주를 잔디밭에 펴놓았다. 회원들 손에 빈 컵을 들리고 포도주를 따르며 공원에서 가장 마음에 드는 낙엽 한 장을 컵에 담아오라고 일렀다.

말이 떨어지기 무섭게 동심으로 돌아간 중년들은 낙엽을 주우러 흩어졌다. 개중에는 낙엽을 주울 생각은 하지 않고 은행잎 비를 맞고 섰는가 하면 어떤 남자회원은 낙엽 쌓인 나무 아래 벌러덩 누웠다. 삼십대들의 까르르 뒤집히는 웃음 뒤에 나지막한 독백도 스쳐갔다.

우리는 서나나 컵을 들고 처음의 자리에 앉았다. 성급한 주당은 그 사이 포도주를 반쯤 마셔버렸고 어떤 회원은 컵보다 큰 잎을 주워서 띄운 것이 아니라 꽂아놓고 있었다. 낭자가 떠준 바가지의 물에 버들잎을 불어가며 마시던 선비처럼 컵 속의 낙엽을 호호 불어 마시는 회원도 있다. 모두 처음의 들떴던 마음이 가라앉아 생각에 잠겨 자신들이 담아온 낙엽과 대화를 하는 시간을 가졌다. 그리고 왜 그 잎을 담아왔으며 어떤 생각이 들었는지 생각을 나눴다.

그들은 처음 있는 일이라 했다. 어려서 소풍 가서 단풍잎을 주워 책갈피에 꽂았던 이야기며 첫사랑과 이별한 날의 낙엽도 떠올렸다. 어떤 회원은 낙엽이 자신의 모습 같다 하고 노란 은행잎이 500원 권 지폐라면 몽땅 주워다가 새벽 일터로 나가는 일일근로자들에게 나눠주고 싶다 했다. 월동준비가 걱정이라는 실존적 문제도 나왔다. 낙엽을 띄운 채 술을 마셨다. 일테면 낙엽주다. 포도주니 매실주니 내용물에 따라 술 이름이 붙곤 하지만 낙엽을 주제로 낙엽주란 말은 또 다른 감성을 자극했던 모양이다. 아니면 포도주 반 컵의 주기가 이들의 마음을 달궈놓은 것일까. 판은 진지하게 익어갔다.

나뭇잎 하나는 바로 그 나무의 일생이다. 지금 우리는 거대한 나무를 들이마셨으니 입속에서 나무 냄새가 나지 않느냐고 물었다. 지금은 낙엽의 신세지만 이 나무도 새잎인 때가 있었다. 그리고 최선을 다해 태양빛을 받아서 광합성작용으로 나무를 키우고 가지를 늘리고 꽃을 피운 때도 기억하자고 했다. 그리고 이제 자기 몫의 시간을 살아내고 여한 없이 활활 타 뿌리로 돌아가는 저 모습에서 사람의 생애를 짚어보자 했다.

나는 그날 특별한 강의를 했고 회원들은 잊을 수 없는 시간을 가졌다고 좋아했다. 세상천지가 강의실이다. 바닷가에 가면 파도 소리로 강의를 듣고 산사에 가면 풍경소리로 법문을 듣는다.

낙엽이 질 때면 어김없이 생각나는 글, "버려야 할 것이 무엇인지 아는 순간부터 나무는 가장 아름답게 불탄다." 어느 가을 우연히 바라본 광화문 글 판의 글이다. 나는 언제 저토록 여한 없이 불타본 적이 있는가, 불타기는커녕 생채로 시들고 있는 것은 아닌지, 버려야 할 것들을 아직도 분별하지 못하고 끌어안고 살면서 연탄 한 장의 온기나마 누군가와 나누었는지. 노란빛으로 물든 은행나무를 보며 마음 갈피를 뒤적여 본다.

오늘따라 게이트볼을 치는 노인장들은 왁자한 낙엽이 무색하리만치 목에 핏대를 세우고 도전한다. 필경 여자 노인들에게 자신이 아직 현역이라 과시하는 것일지도 모르나 바라보는 마음은 공연히 민망하다. 이어지는 안 노인네들의 후렴구 또한 가을타령 치고는 요란하다. 햇살 좋은 오후가 금빛보다 찬란하다.

—『수필문학』 11월

『한국수필』, 『현대문학』 등단. 현대수필문학상, 자유문학상, 제1회 월간문학동리상, 충북문학상, 동포상 등 수상.

촌평

낙엽은 생애를 마무리하는 아름다운 축제와 같다는 것이 주제다. 수필 주제를 강의하던 화자가 납엽주를 마시며 수강생한테 낙엽과 대화를 해보라고 하는 것, 버려야 할 것조차 구분 못하는 작가 자신에 대한 반성, 게이트볼 경기에 열 올리는 노인들 이야기가 주제 형상화를 위해 유기적으로 결합하고 있다.

촛불 제사

구 활

우리 집은 제사를 모시지 않는다. 어머니가 크리스천이기 때문이다. 아버지의 기제사만은 지내고 싶었지만 여든여덟에 돌아가신 어머니의 위엄에 눌려 입 밖에 내지도 못하고 어린 시절을 보냈다. 만약 뜻을 밝혔더라면 어머니는 '내 앞에 다른 신을 두지 말라'는 십계명을 들추면서 모든 죽은 자들을 잡신으로 몰아붙였을 것이다.

고향 북망산천에 누워 '다른 신' 취급을 받고 계시는 아버지는 제상 한 번 받지 못한 배고픔을 어떻게 이겨내고 계시는지 궁금하다. 예수 그리스도와는 통성명도 못해본 외로운 영혼은 술 한잔에 밥 한 술 잡숫지 못하고 기아에 허덕이다 두 번째로 운명하여 저승보다 더 먼 곳으로 떠나지는 않았을까.

제사는 나의 오랜 숙제였다. '어동육서'니 '생동숙서'니 하며 제상 차리는 법을 배워 혼자 엎드려 절한다고 해도 가족들이 동의할 리 없다. 숙고 끝에 고안해 낸 것이 혼자 마음속에 촛불 하나 켜고 고인을 추모하는 일이었다.

칠십년대 초, 내가 다니던 신문사의 사장님이 돌아가신 후 이 년 쯤 지났을까. 그 어른의 맏아들에게서 "올부터 제사를 함께 지냈으면" 하는 부탁을 받았다. 그는 슬하에 딸만 두고 있었다. 혼자서 술 따르고 절하는 등 제사장 역할 하기가 몹시 바빴던 모양이다.

기일은 추석을 쇠고 엿새째 되는 날. "저녁 일곱시에 제사를 지낸다"는 기별이 왔다. 술자리서 괜히 해본 농담이겠거니 했는데 그게 아니었다. 시간에 맞춰 도착한 나에게 유건을 씌우고 흰 광목 두루마기를 입혔다. 나는 타인의 제상 위에 마음속에 홀로 타고 있는 아버지를 위한 촛불 한 자루를 슬그머니 올려놓았다.

제사는 칠 년 간 계속됐다. 그러다가 간암을 앓던 친구가 저승으로 가버렸다. 육탈현상이 심하게 진행되어 식도가 막혀버린 친구는 부인의 통역으로 "하루만 상주 노릇을 해 달라"고 했다. 나는 고개만 끄덕였다. 새로 맞춰 입은 검은 양복에 조장을 차고 장례 당일 내빈 접대 담당으로 나서 친구와의 약속을 지켰다. 그러고 보니 나는 타인의 상주될 팔자를 타고났나 보다.

칠십년대 중반을 넘어서자 제사가 또 하나 더 늘어났다. 내가 가장 존경히는 대학의 은사께서 신히니린 이른 나이에 갑자기 운명을 달리 하신 것이다. 그는 셰익스피어를 가르친 영문학자이자 「우물」이란 작품이 서울신문 현상공모에 당선되어 국립극장 무대에 올려진 희곡작가였다. 그보다도 선생님에게 가장 걸 맞는 칭호는 로맨티스트로 학생들 사이에 인기가 가장 높았다.

그의 실력과 명성을 시샘하는 동료교수에 치여 선생님은 교수재임용에서 탈락하셨다. 하루는 퇴근 무렵 단골집인 '흑톨쿠럽'으로 나를 불러 울분을 쏟아 놓으셨다. 그날 밤은 상심한 가슴에 위로를 드릴 수 있는 방법이 생맥주 집 한두 군데를 더 들리는 일밖에 없었다. 선생님을 택시로 집 앞까지 모셨으나 "아니야, 오늘은 자네 집에 가봐야 해"라고 말씀하시곤 내리지 않으셨다. 선생님은 별 안주 없는 맥주 몇 병을 드시고는 비오는 밤길 속으로 총총히 떠나셨다. 그게 선생님과의 마지막 이별이었다.

선생님이 어떻게 우리 집에 오실 생각을 하셨을까. 초등학교 담임이면 야간 가정방문을 오신 것이 그리 낯선 풍경은 아닐 터이지만 대학의 은사께서 늦은 밤길의 취중예방은 예사로운 일은 분명 아닐 것이다. 아마 그날 밤 선생님께서는 이승에서 꼭 끝내고 가야 할 숙제를 한 것이 아니었나 싶다. 임종을 앞둔 사람은 생전에 가봐야 할 곳은 죄다 둘러본 후 마음속에 미진한 찌꺼기가 남지 않은 상태에서 운명한다고 한다. 선생님도 정말 그랬을까.

선생님이 돌아가신 후 세상이 너무 황량하고 쓸쓸하여 술맛조차 나지 않았다. 그래서 마음을 다독일 방법으로 기일(8월 15일) 다음날을 제삿날로 정하고 '혹톨쿠럽'에서 혼자 촛불 하나 켜놓고 제사를 지냈다. 500CC 두 잔을 시켰다. 내 것 다 마실 동안 선생님 잔은 거품만 사그라졌다. "탈락시킨 그 교수님을 저승에서 만나셨죠." 그래도 선생님은 묵묵부답이었다. 촛불 제사는 만 5년 되는 해 선생님의 지인 대여섯 분을 초대하여 탈상 제사를 올리는 것으로 끝을 냈다.

최근 「우물」이 포항시립극단 정기공연 작품으로 무대에 올려졌다. 배우들의 몸짓에서 선생님의 로망을 그대로 느낄 수 있었다. 공연 내내 선생님을 모시고 술 한잔 했으면 하는 마음이 간절했다. 연전에 선생님을 추모하는 글에 '이승과 저승을 통틀어 단 한 사람만 초청하여 술을 마시라면 기꺼이 선생님을 초대하고 싶다'고 쓴 적이 있다. 그 생각은 지금도 변함이 없다.

불원, 제삿밥을 잘 짓는 음식점을 수소문해 두었다가 근사한 촛불 제사를 지낼 생각이다. 제사 장소가 바뀌었더라도 혼령은 '귀신 같이' 찾아오셔서 "그래, 요새도 혹툴에 더러 가나"라시며 내 머리를 쓰다듬어 주시겠지.

—『에세이문학』 가을

1984년 『현대문학』 등단. 전 『매일신문』 문화부장 논설위원. 현대수필문학상, 대구문학상, 금복문화예술상, 원종린문학대상, 대구광역시 문화상(문학부문) 등 수상.

> **촌평**
>
> 제사 지내는 일은 과학의 영역 밖이다. 그것은 풍습이고 문화이다. 이런 문화 속에 인간의 의식과 정서가 새겨지는 것이다. 작가는 사정으로 아버지와 존경하는 대학 은사의 제사를 촛불 하나 켜 놓고 지냈다고 이야기한다. 기이한 화제를 꾸밈없이 담백하게 풀어놓는 솜씨가 수필의 진미를 느끼게 한다.

나는 엉덩이를 좋아한다

임만빈

산을 오른다. 산을 넘어 지하철을 타고 출퇴근한다. 큰 병을 앓고 나서 건강을 되찾기 위해서 선택한 방법이다. 시간이 좀 걸리지만 걷고 나면 기분이 상쾌해진다.

몇 발짝 앞서 부부로 보이는 두 사람이 산을 오르고 있다. 계단으로 된 오르막에서는 손을 잡아 서로 이끌기도 한다. 그들의 뒷모습을 보는 것이 참으로 좋다. 한 가정의 평화를 보는 듯도 하다. 아니 꼭 그래서만은 아니다. 원래 나는 사람의 뒷모습 보는 것을 좋아한다. 예쁘게 깎아내고 덧붙인 얼굴이 있는 것도 아니고, 모양 좋게 만든 유방이 있는 것도 아니며, 억지로 만든 가식의 웃음이 존재하는 것도 아니어서 좋다.

뒷모습 중에서도 엉덩이의 모습을 특히 좋아한다. 오해를 받을 만한 말이지만 그래도 어쩔 수 없다. 흔히 미인의 조건으로 가는 허리를 들먹이는데 개미 같은 허리도 보름달 같은 엉덩이가 뒷받침해줘야 풍성한 미인의 모습이 완성된다. 가는 허리만 있어서는 빈약한 모습일 뿐 풍만한 미인의 모습을 그려내지를 못한다. 그럼에도 불구하고 미인을 언급할 때 엉덩이가 들먹여지는 일은 드물다. 얼굴과 몸매만 강조된다. 몸매 구성에 허리와 엉덩이가 중요한 역할을 하는데도 말이다.

남자의 엉덩이도 매혹적이긴 마찬가지다. 어렸을 적 여름이면 한더위를 식히기 위해서 연못에서 미역을 감곤 했었다. 그때 빨리 물에 뛰어들기 위하여 먼 곳에서부터 옷을 벗어 한 손에 들고 바람개비처럼 돌리면서 숨이 차도록 달려가면 솟아오르는 땀은 한낮의 태양빛에 반짝였고 엉덩이는 팔딱거리며 솟아올랐다. 그 자그마한 엉덩이는 얼마나 앙증스럽고 신선했던가. 하지만 학교에서 벌을 받을 때는 매를 맞는 부위이고 아파서 주사를 맞을 때에는 바늘에 찔리는 부위가 바로 엉덩이였다.

청년 시절의 궁둥이는 무척 아름다웠지만 미(美)에만 관심을 둘수가 없었으니 삶이 빡빡하고 미래가 불확실했기 때문이다. 인고의 시간, 그 길이와 강도에 따라 미래의 삶이 결정된다고 믿었기에 대부분의 시간을 의자에 앉아 보냈다. 확고한 몸의 받침판이 필요했다. 엉덩이가 그 역할을 했다. 진물이 생기고 못이 박혀도 엉덩이는 미련스럽게 참았다. 그래야 받들고 있는 놈이 미래에 조금이라도 더 풍요로울 것을 아는 듯이 말이다.

처녀의 엉덩이를 생각하면 귀엽고 아름답고 사랑스럽다는 말이 먼저 떠오른다. 손으로 쓰다듬으면 꽃잎처럼 보드라울 것 같지만 언감생심(焉敢生心), 치한으로 몰릴 가능성이 십중팔구다. 굽 높은 구두를 신고 앞에서 또닥또닥 걸어가는 처자(處子)의 모습을 보라. 그 가는 다리 위에서 불쑥 솟아오른 두 개의 동그라미는 나비의 날갯짓처럼 걸음을 옮길 적마다 경쾌하다. 두 둔덕의 율동은 마치 어린 손녀가 춤추는 것처럼 깜찍해서 박자에 맞춰 따라 하고 싶은 충동을 일으키기도 한다.

여성의 가장 일반적인 본질은 생산과 키워냄이라고 하면 여성들에게 몰매 맞을까. 단순히 동물적 차원으로 말하면 암컷의 아름다움은 수컷을 유혹하기 위한 수단이라 할 수 있다. 수단이 본질을 앞설 수는 없다. 넓고 푸짐한 엉덩이가 가냘프고 앙증스런 엉덩이보다는 생산능력의 우월성을 암시한다. 어머니들은 며느리를 선택할 때 미적인 가냘픈 엉덩이보다 생산에 적합한 푸짐한 엉덩이를 찾는다. 이 때문에 결혼 당사자인 아들과 어머니가 간혹 다투기도 한다는데 아무래도 난 어머니의 선택에 동의하고 싶어진다.

아기를 낳은 엄마는 자식을 키우는 데 정성을 다하느라 자신의 엉덩이의 모양에 별 관심을 두지 않는다. 의도해서가 아니라 본능이다. 삶의 하중이 무거우면 무거울수록 엉덩이는 더욱 넓어지고 평평해진다. 나이든 아주머니의 모양 없이 펑퍼짐한 엉덩이는 얼마나 치열한 삶을 살았는가를 보여주는 또 다른 징표다.

목욕탕에서 노인들의 엉덩이에 까맣게 못이 박인 자리가 눈에 띌 때가 있다. 얼핏 보면 징그럽고 보기 흉한 자국에 불과하지만 나는 머리를 숙이곤 한다. 한 삶이 얼마나 고달프고 치열했던가를 보여주는 듯해서다. 그리고 한 번도 남의 위에 올라서지 못하고 평생 남을 받들며 살아온 삶의 숭고한 표증(表證)처럼 보여서이다.

동그스름하고 보드랍던 둔덕은 이제 쭈글쭈글하고 찌그러져 볼품이 없다. 미(美)와 희생과 종족보존과 겸허함과 진실성으로 한생을 보냈던 엉덩이가 이제 삶의 막을 내리는 것이다. 무겁던 체중도, 삶의 하중도 모두 훌훌 벗어 던지고 유유자적 정토의 땅으로 향한다. 자신의 모습을 닮은 묘를 조용한 산중에 만들어 놓고.

 엉덩이 같은 삶을 살고 있거나, 살다 저 세상으로 떠나간 사람들이 어찌 없으랴. 한평생 남의 밑받침으로 살다가 가슴에 못이 박힌 사람들. 그들도 젊은 한때 신분상승의 꿈을 꿔보았지만 성형과 꾸밈의 대상이 되지 못하고 버려진 채로 한평생을 살고 있거나 살다 사라진 사람들이다. 그렇지만 우리들은 안다. 그들의 삶이 진실한 삶이었다는 것을. 성형한 얼굴이나 젖가슴은 세월이 지나면 추한 모습으로 변하지만 자연스런 모습은 세월이 지나도 추하게 변하지 않고 우아함을 오래오래 유지한다는 것을.

—『에세이스트』 3/4

신경외과 전문의. 2006년 『에세이문학』을 통해 등단. 제1회 보령의사수필문학상 은상, 제1회 대한의사협회 수필공모 우수상 수상.

촌평

멋진 제목이다. 제목이라면 모름지기 이렇게 지어야 할 노릇이다. 처음부터 읽을 맛이 난다. 그런데 읽어 들어가면 그냥 제목만 잘 짓는 게 아니라는 생각이 난다. 일단 어휘가 풍부한 것이 글 쓰는 사람의 멋을 느끼게 해준다. 엉덩이라는 것이 참 다루기 어려운 것인데도 처음부터 끝까지 일목요연하면서도 그 표현이 아주 다채로워서 하나도 지루하게 느껴지지 않는다.

종지기의 수박

이귀복

나는 가끔 교회에서 들려오는 종소리가 듣고 싶다. 오늘처럼 눈 내린 아침이면 어린 날 듣던 그 종소리가 그립다. 첫 새벽, 온 마을에 퍼지던 그 투명한 소리의 여운.

성탄절이 가까워지면 나지막한 종루에 되는대로 감겨진 금박은박 종이가 바람에 흔들리고 첨탑엔 푸른 종이별 하나가 삐뚜름하게 달려 있었지. 어쩌다 종루에 눈이라도 쌓이면 종소리를 따라 퍼져나가던 은빛 소리의 조각들. 그 종소리를 쫓아가보면 종루를 드나들던 젊은 목사님이 보인다. 야윈 얼굴에 굵은 테 안경을 쓴 그의 눈빛은 어린 내 눈에도 조금 외로워 보였다.

그때 마을에서 우물이 있는 곳은 교회 한 곳뿐이었다. 그것도 목사님 내외가 거처하는 방 앞에 우물이 있는 터라 엄마는 내가 물을 길으러 갈 때마다 두레박을 우물 속에 조용히 내리라고 이르곤 했다. 그러나 조심하면 할수록 나는 더 자주 두레박줄을 놓아버렸다. 이미 빠뜨린 두레박을 어찌지 못해 엄마를 데리고 우물가로 달려오면 목사님은 어느새 갈고리를 매단 장대로 두레박을 건져 올리고 있었다.

마을사람들은 어려운 일이 생기면 제일 먼저 목사님에게로 달려갔다. 군대 간 아들의 편지를 받은 한식이 아버지도, 낫질을 하다 손을 베인 옥자삼촌도 모두 목사님을 찾아갔다. 그건 나도 예외가 아니었다.

어느 초여름, 학교에서 돌아와 보니 부모님이 급히 여장을 꾸리고 있었다. 할아버지가 편찮으셔서 고향에 가야 한다고 했다. 엄마는 나더러 따라갈 생각일랑 아예 말고 집에 남아 사발시계의 밥이나 챙겨주라고 을렀다.

문제는 다음날이었다. 평소 아버지가 하던 대로 시계의 태엽을 감았지만 내 손아귀의 힘으로는 어림도 없었다. 시계가 멈추기라도 하면 엄마가 혼낼 것이 뻔한데 이걸 어쩌나. 그때 퍼뜩 떠오른 사람이 목사님이었다. 나는 망설일 것도 없이 사발시계를 들고 골목길을 내달았다. 교회 울타리에 찔레꽃이 하얗게 피어 있던 아침이었다. 우물가에서 세수를 하던 목사님은 흰 타올을 목에 감은 채 시계를 받아들더니 아무렇지도 않게 쓱쓱 태엽을 감아주었다.

그날 오후 이웃언니가 차려주는 점심을 먹고 있는데 갑자기 시계 생각이 났다. 내가 점심을 먹듯 시계에게도 점심 태엽을 감아줘야 할 것 같았다. 아침에 그랬던 것처럼 나는 또 시계를 들고 목사님에게로 갔다.

그날은 우물에서 물 긷는 사람도 없었고 교회마당엔 초여름 햇빛만 가득했다. 더운 날인데도 이상하게 목사님 방문은 닫혀 있었다.

댓돌 위에는 목사님의 고무신이 놓여 있었지만 인기척이 없는 걸로 보아 아마도 목사님이 낮잠을 주무시는 것 같았다. 나는 목사님이 낮잠에서 깨어날 때까지 기다리기로 했다. 마당에 쭈그리고 앉아 사금파리를 주워들고 땅따먹기를 하며 무료함을 달래고 있을 때 방안에서 두런두런 말소리가 들리는 것이었다. 반가운 마음에 더 생각할 것도 없이 나는 "목사님!" 하고 방문을 활짝 열어버렸다.

 목사님 눈과 내 눈이 짧게 마주쳤다. 목사님은 낮잠을 주무신 게 아니었다. 책상 앞에 엉거주춤 선 채로 무언가를 먹고 있던 중이었다. 목사님 옆에는 배가 동산만큼 부른 부인이 수박 한 조각을 들고 어쩔 줄 모르는 얼굴로 서 있었다. 두 사람 앞에 놓인 책상 위에는 잘라놓은 수박조각들이 어지럽게 흩어져 있었다.

 목사님이 곤혹스러운 얼굴로 문 앞에 서 있는 내게로 오더니 "왜 또 왔니?" 하고 물었다. 전에 없이 어색한 분위기로 보아 내가 무언가 크게 잘못한 것 같긴 했지만 그래도 그렇지, '왜 또 왔느냐'고 묻는 목사님의 퉁명스런 말이 너무 무안하였다. 떨어지려는 눈물을 겨우 참으며 나는 들고 있던 시계를 목사님 앞으로 디밀었다. 그제야 상황을 짐작했는지 목사님이 갑자기 큰소리로 웃으며 말했다.

 "복아, 시계 밥은 하루에 한 번만 주는 거란다."

 더운 여름, 목사님이 왜 문을 닫고 수박을 먹어야 했는지 나는 이해할 수 없었다. 며칠 뒤 엄마가 돌아오자 내가 하루에 두 번이나 목사님을 찾아가서 시계 밥을 부탁했다는 것과 이상하게 목사님 내외가 문을 닫고 수박을 먹고 있더라는 말을 했다. 그러자 엄마는 얼굴을 이죽거리며 혼잣말처럼 중얼거렸다.

"아이고, 교인들이 낸 염보돈으로 수박이나 사먹던가베."

그때 내가 엄마 말을 완전히 이해한 것은 아니었다. 그러나 엄마 말에서 느껴지던 찝찝한 적의를 통해 '목사는 수박을 사먹으면 안 되는가 보다'라고 생각했을 뿐이다.

그 여름이 가고 가을이 온 어느 날, 학교에서 돌아오다 보니 교회 마당에 마을사람들이 모여 있었다. 아저씨들이 목사님의 세간을 트럭에 싣고 있는 모습도 보였다. 친구들 말로는 목사님이 다른 곳으로 떠난다고 했다. 엄마와 동네아주머니들은 목사님의 생활이 너무 어려워 우리 마을을 떠나는 것이라고 수군거렸다. 아기를 낳고도 먹질 못해 얼굴이 부어 있는 목사님부인이 안쓰럽다며 눈시울을 붉히는 할머니도 있었다. 목사님이 탄 트럭이 떠날 무렵, 사람들은 몇 됫박의 곡식과 달걀을 들고 와서는 트럭 앞자리에 실어주었다.

목사님이 탄 트럭이 뿌연 흙먼지를 날리며 마을을 떠날 때 나는 슬펐다. 무언가 허전해진 나는 그 후로 다시는 교회에 나가지 않았다.

감미로운 퇴행인가. 나는 지금 오십 년 전의 전설을 이야기하고 있는지도 모르겠다. 오늘저럼 눈 내린 아침이면 마을사람늘에센 헌신적이었지만 정작 만삭의 아내에겐 한 통의 수박조차 편히 먹이지 못했던 그 가난한 목회자가 생각난다.

요즘은 교회종소리가 사라졌다. 그것은 소음공해문제로 교회마다 종치는 것을 규제했기 때문이 아니라 투명한 종소리를 낼 수 있는 종지기의 부재 때문일 것이다.

종소리가 듣고 싶다. 영혼이 시린 이 시대, 수박 한 통을 숨어서 먹어야 했던 가엾은 그 종지기의 종소리가 듣고 싶다.

—『에세이문학』 봄

1991년 『수필문학』 등단. 현대수필문학상 수상.

촌평

이귀복은 가난한 목사를 추억하는 그림을 그리고 있다. 그가 늘 생각나는 까닭은 삼복 여름날 방문을 닫고 만삭 아내에게 수박을 먹이려다 들킨 일 때문이다. 인간에 대한 감동은 높은 인격이 아니라 '그도 우리다'라는 보편성에 있음을 일깨워준다. "영혼이 시린 시대"에 듣고픈 소리는 황금빛 파이프 오르간이 아니라는 것.

책상에 오른 뱀

박정희

　책상 모서리에 얼룩무늬 줄이 또르르 말려있다. 동그랗게 똬리를 틀고 있기에 누군가 가져다 놓은 줄넘기 줄이거니 여기며 지나쳤다. 다음날 통화를 하면서 무심코 그곳을 보니 줄이 좀 느슨하게 풀려있다. 저게 뭐지? 자세히 다가가 보니 등이 반지르르하니 윤기가 난다. 수상하여 손으로 슬쩍 찔렀더니 뭉클한 것이 꿈틀하더니 목을 쭈~욱 빼어 들고 혀를 날름거리며 인사를 한다. 윽! 뱀이다.
　너무 놀라 나도 모르게 비명을 질렀더니 이웃가게 사람들이 우르르 몰려왔다. 책상 위에 웬 뱀이냐며 구경하던 남자가 긴 집게를 들고 와 허리를 낚아채어 들고 보니 50센티 남짓한 새끼 뱀이다. 여기는 꽃가게가 즐비한 곳이라 가끔 농장에서 배달되어오는 꽃묶음 속에 청개구리나, 도마뱀이 따라오긴 하지만 뱀은 처음이라 모두들 기겁을 하며 뒤로 물러선다.
　아무리 사나운 맹수라 할지라도 새끼들은 귀여운 법이다. 한데 뱀은 왜 어린새끼마저도 무섭고 징그러운지. 사람에게 적의라곤 없어

보이는 천진한 생명을 천하의 역적이라도 잡아들인 것처럼 호들갑을 떨다가 결국 잔인한 죽음을 보고 말았다.

입장을 바꾸어 생각해보면 사람보다 더 놀란 것은 뱀일지도 모른다. 아름다운 꽃밭을 거닐다가 멋모르고 실려 온 곳이 내 집 꽃가게다. 세상물정 모르는 놈이라 슬기롭게 도망칠 궁리도 못하고 버젓이 주인 책상을 점거하고 앉았다가 변을 당하고보니 왠지 마음이 개운치가 않다. 사람처럼 무섭다고 비명을 지를 수도, 고향으로 보내달라고 애원을 해보지도 못하고 토막이 나버린 저놈은 무지한 주인을 원망하지는 않을까.

그래도 그렇지. 여기가 어디라고 겁도 없이 그것도 책상위에 냉큼 오르다니. 며칠 동안 능청스레 나를 지켜보고 있었구나 생각하니 등줄기가 서늘해진다. 저놈이 혹여 새끼라도 부려 놓아 가게에 진을 치면 어쩌나. 행여 내가 방심하는 동안 뒤에서 목이라도 휘어 감고 복수극을 벌이면 어떡하나. 책상 밑에 숨었다가 발가락이라도 물고 늘어지면? 태연하게 일을 하면서도 끊임없이 그놈이 떠올라 나도 모르게 사방을 두리번거리곤 했다.

아마도 내 집에 찾아든 손님을 슬기롭게 보내지 못하고 잔인하게 버린 죄책감인지도 모른다. 알록달록 무늬도 고운 등피를 비틀며 살겠다고 발버둥 치던 모습이 자꾸 눈에 밟힌다. 잘못했다고 한번만 봐달라고 때를 쓰며 매달리는 천진한 아이 같아 가엽기도 하고, 징그럽고 섬뜩하기도 하다.

그러면서도 책상위의 집기들을 둘러본다. 다들 퇴근을 하고 아무도 없는 밤이면 그놈은 내 책상 위를 활개치고 다니지 않았을까. 하루 종일 주문 하나 없이 하품만 하다 돌아간 나의 쓸쓸한 장부를 보았을까. 멋모르고 컴퓨터 자판 위를 어슬렁대다 번쩍대는 모니터 불빛에 놀라 옴짝 못하고 얼어버렸을까.

돌아보면 뱀들은 어린 날 기억 속에 흔히 보던 친구들이다. 벼를 심는 무논에 설렁설렁 헤엄쳐 다니기도 하고, 개미딸기가 무성한 풀숲에서, 장독대 사이를 슬며시 기어 다녀도 어른들은 못 본 체했다. 가끔 우리가 무섭다며 호들갑을 떨면 어머니는 눈짓으로 말렸다. 아무리 사나운 짐승도 먼저 해치지 않으면 사람을 무는 법은 없다며. 그러면서 그들에게 말했다.

"야들아 꽃밭으로 가거래이. 어여 꽃밭으로 가" 어린아이 달래듯 조용조용 말씀하셨는데 그게 무슨 뜻인지는 지금도 모른다. 느닷없이 꽃가게에 실려 온 뱀을 보니 문득 그 옛날 어머니 말씀이 생각난다. 당시에 어른들은 집안에 찾아든 생명은 그 무엇이건 지켜주고 보호하려는 어진 심성을 가졌다. 발길에 차이는 올챙이나 벌레 한 마리도 함부로 죽이지 않는다. 여름 날 지긋지긋하게 사람피를 노리던 파리 모기들까지도 모질게 잡지를 못하고 마당에 모깃불을 피워 매캐한 연기로 스스로 물러가게 했다. 그러니 부엌 나뭇단 속에서, 돌담 속에 숨었다가 느릿느릿 기어가는 구렁이를 집찌끼미(수호신)라며 귀하게 여겼다.

팔남매 막내였던 나는 주워 온 자식인줄 알았다. 어린 날 떼를 쓰고 앙탈을 부릴 때마다 다리 밑에 사는 땅꾼애비에게 데려다준다며 엄포를 놓았다. 그는 다리를 절룩대며 뱀을 잡는 다고 하여 땅꾼이라 불렀는데 그의 묵직한 포대 속에는 항상 무서운 뱀들이 우글거려 어린 내겐 공포의 대상이었다. 그러니 땅꾼아저씨에게 가라는 건 호랑이 굴보다 더 무서웠으니 그곳으로 쫓겨 가는 상상만으로 내 어깃장은 기가 질려버리고 어느새 얌전한 아이가 되곤 했다.

그 후유증이 아직도 내속에 남았는지. 지금도 뱀이라면 간담이 서늘해진다. 그래도 어쩌겠는가. 머지않아 우리는 전원생활을 꿈꾸고 있다. 자연으로 돌아가려면 먼저 자연과 더불어 살 수 있는 겸허한 자세부터 배워야겠다. 우리가 그들을 적대시한다면 그들이 우리를 반길 수 있겠는가. 무지한 후진국이라 생각했던 아프리카에서도 도시에 뱀이 출현하면 즉각 와서 구조하여 곱게 자연으로 돌려보내는 구조대가 있다고 들었다. 어린 뱀 한 마리를 어찌지 못하고 무식하게 소란을 떨어 가엽게 죽였으니 부끄러운 일이다

뱀도 자세히 들여다보면 장점이 많다. 자신을 한껏 낮추어 조용조용 기어 다니는 모습이나 먹이가 있을 때 몸속에 비축하여 어려운 동절기를 슬기롭게 견디어내고, 천적을 만나면 너 죽고 나살자며 피터지게 결사항전을 하기보다 죽은 척 섞는 오물냄새를 풍겨 스스로 위기를 면한다니 얼마나 어질고 슬기로운 짐승인가.

태초에 이브에게 선악과를 안겨준 조상의 원죄인가. 천추만대에 땅을 기며 사죄하는 저 미물에게 누가 함부로 돌을 던지겠는가. 무엇보다 타고난 외모를 탓하는 건 잔인한 일이다. 같은 생명체로서 더불어 살아온 선인들의 슬기가 존경스럽다.

아직도 그것이 궁금하다. 엄마는 왜 뱀들을 꽃밭으로 가라하셨는지.

—『에세이스트』 5/6

2003년 청작수필 『싸리문』으로 등단.

[촌평]

뱀띠 해에 읽는 뱀의 이야기다. 초원에서 도시 꽃집으로 옮겨진 뱀을 통해 타율의 부조리를 재발견할 수 있다. 어린 시절 시골 구렁이에 대한 추억을 지닌 작가는 뱀의 죽음을 통해 인간의 반자연성을 고발한다. "야들아, 꽃밭으로 가거래이"라고 뱀에게 조용히 타이르던 오래전 할머니의 목소리가 깊은 울림을 지닌다.

4부 세월은 힘이 세다

세월은 힘이 세잖아! / 조　헌
그래야 할 때 / 신성원
꽃구경 / 김지수
빵굽는 아침 / 한경선
고래 두 마리 / 김은주
얘, 너 그거 아니? / 이완주
겨울, 자작나무 숲에 들다 / 심선경
바다에서 강물을 만나다 / 김정화

세월은 힘이 세잖아!

조 헌

  평소와는 달리 출근 전에 영어 학원을 다닌다며 수선을 피우고, 퇴근해선 헬스클럽을 간다고 부지런을 떠는 사람, 어쩌면 그는 한 삼 년쯤 사귀어오던 애인으로부터 이별을 통보받고 실연에 가슴 태우는 사람인지도 모른다.

  모임이란 모임엔 한 번도 빠지지 않고 워낙 너울가지가 좋아 잘 어울리며, 노래방이라도 갈라치면 맛깔난 솜씨로 주변을 압도하는 사람, 어쩌면 그는 아무도 기다리지 않는 깜깜한 빈집에 혼자 열쇠를 따고 들어가 외롭게 밤을 지내는 사람인지도 모른다.

  딸이 사준 옷이라고 자랑을 입에 달고 다니며, 효자 아들 덕에 호강을 도둑개 매 맞듯 한다고 으스대는 사람, 어쩌면 그는 망나니 아들과 시집가 어렵게 사는 딸 때문에 가슴이 까맣게 타버린 사람인지도 모른다.

  몇 해 만에 참석한 동창회에서 경기(景氣)는 어려워도 자기는 그럭저럭 쏠쏠하다며 애써 부산을 떨던 사람, 어쩌면 그는 하던 사업을 접고 쓸쓸히 공원이나 배회하며 하루를 힘겹게 보내는 사람인지도 모른다.

우린 모두 새색시 속살 감추듯 남에게 숨기고 싶은 사연 하나쯤을 가슴에 품고 사는 것은 아닌지. 그리고 행여 그 숨긴 보따리가 남의 눈에 띌까봐 전전긍긍하는 것은 아닌지.

내게는 30년 넘게 한 직장에서 가깝게 지내는 친구가 있다. 두 사람 모두 말수가 적어 살갑게 굴진 않아도 오랜 시간을 같이 있다 보니 표정만 봐도 서로의 속뜻을 알 수 있는 둘도 없는 친구다. 유달리 가정적인 그는 슬하에 남매를 두었는데 특히 아들은 그의 자랑이자 자부심이었다. 서울의 유수한 의과대학 졸업반으로 착실한 성품에 다 인물마저 출중해 남들의 부러움을 사곤 했다.

하지만 하늘도 시기(猜忌)를 한다고 했던가. 지난 해 2월, 친구들과 설악산을 다녀오던 그 아들의 차가 그만 대형트럭과 충돌하는 바람에 타고 있던 사람이 모두 사망한 어처구니없는 사건이 벌어졌다. 정말 안타깝고 허망한 참극이었다.

소식을 전해들은 난 순간 머릿속이 하얘지며 그 자리에 털썩 주저앉고 말았다. 그리고 한참이 지나고 나서야 친구를 걱정하며 병원으로 달려갔다.

그 부부의 정황은 어떤 말로도 표현할 수 없었다. 혼절과 오열을 반복하던 그의 아내는 결국 병실로 떠메어 올라갔고, 핏기 잃은 얼굴로 미동도 하지 않은 채 영안실 밖 의자에 앉아 있던 친구는 이미 제정신이 아니었다. 그는 대부분의 시간을 넋이 나간 듯 멍하니 그 의자를 지키고 있었다.

나는 장례식이 치러지는 삼일 내내 그곳에 있었지만, 내가 할 수 있는 일이라곤 그의 곁에 있어 주는 것이 고작이었다. 솔직히 말하면 당한 슬픔을 속으로 삭이며 앙버티는 그에게 위로해 줄 어떤 말도 머릿속에 떠오르지 않았다. 그저 장례절차에 따라 그가 해야 할 일을 대신하며 묵묵히 지켜볼 뿐이었다. 그러면서도 도무지 이해할 수 없었던 것은 끝내 눈물 한 방울 보이지 않은 채 석상(石像)처럼 앉아 있던 그의 모습이었다.

아들을 잃은 충격에 그가 보인 반응은 남달랐다. 이레 만에 출근한 그는 주변사람들이 보내는 애달픈 진심에도 결코 눈물을 보이거나 슬픈 표정을 짓지 않았고, 흔히 가질 법한 원망이나 분노의 감정도 전혀 없어 보였다. 그저 자신을 어디에다 냅다 집어던져버린 듯 오히려 덤덤했다. 다만 전에 없이 혼자 있으려 애를 쓰고 어금니를 꽉 깨문 굳은 얼굴로 평소보다 훨씬 더 업무에 매달렸다. 나를 비롯한 누구와의 술자리도 수락하지 않았고 어떤 동행요청도 한마디로 거절했다. 마치 충분하다고 느낄 때까지 스스로에게 내린 형벌을 가혹하고도 철저히 자신에게 가하는 듯 느껴졌다.

활활 타오르는 화염(火焰) 속에서도 시간은 가는가 보다. 그가 아들을 앞세운 지 수개월이 지난 어느 날. 내게 전화를 걸어왔다. "당신 집 앞이야! 얼굴 좀 볼까 싶어 왔는데." 나는 화급히 집을 나섰고 얼마 후 조용한 술집에 마주 앉았다. 많이 수척해진 그의 얼굴을 모처럼 똑바로 쳐다보자, 그는 슬그머니 내 눈을 피하며 고개를 떨궜다. 그리곤 느닷없이 주르륵 눈물을 흘렸다. "우는데 이렇게 많은 시간이 걸리는 줄 몰랐어. 그동안은 울 수조차 없을 만큼 뼈가 녹듯 아팠어! 목을 놓아 울고 싶어도 기가 넘으니 울어지질 않더군." 그는 점점 더 고개를 숙이며 온몸으로 오열했다. 나는 그대로 두었다. 실컷 울어볼 수 있도록 그의 옆에서 한참을 그냥 앉아 있었다.

"죽을 만큼 슬픈 사람에게 주변의 과장된 공감이 얼마나 큰 고통인지 절감했어. 살기 위해 죽을힘을 다해서 잊고 있는데 뜬금없이 던지는 위로의 말이 얼마나 예리한 비수가 되어 가슴에 박히던지." 벌겋게 충혈 된 그의 눈에선 쉼 없이 눈물이 쏟아졌다. "그동안 정말 고마웠어. 어떤 말도 하지 않은 채 멀찍이 서서 '네가 거기 있음을 알고 있어. 그리고 너를 항상 지켜보고 있을게' 라고 말하는 당신의 눈빛이 내게 얼마나 큰 힘이 되었는지 아무도 모를 걸세." 코끝이 싸해진 나도 그만 눈물이 번져 흘렀다. 자신의 속내를 드러내지 않은 채 그 긴 절망의 터널을 빠져나오기 위해 버둥거렸을 친구의 모습이 한없이 가여워보였다.

인간은 누구나 저만이 감당해야 할 삶의 무게가 있다. 아무리 남에게 하소연을 해본들 절대로 나눠질 수 없는 각자의 짐들을 등에 메고 버겁게 걷는 게 인생이 아닐까.

'아프다' 와 '아플 거야' 는 다르고, '배고프다' 와 '배고플 거야' 도 같지 않다. 하지만 사람은 누구나 다른 사람들을 어느 정도 이해하며 산다고 생각한다. 그러나 과연 우리는 남을 얼마나 이해하며 사는 것일까? 아프고 배고픈 사람 곁에 있다고 그 아픔이나 배고픔을 느낄 수 있는 것은 아니다. 그래서 삶은 오롯이 자신만이 견디며 가야 할 외로운 길이 아닐지.

우리가 헤어질 무렵엔 날이 많이 어두웠다. 악수를 하고 돌아서는 그의 뒷모습을 바라보며 나는 '세월은 힘이 세잖아! 아마 너의 아픔도 기억 속에서 꼭 몰아내 줄 거야!' 라고 그를 위해 마음속으로 기원했다. 문득 올려다본 하늘엔 아무도 봐주는 사람이 없어도 별 몇 개가 스스로 빛을 내며 반짝이고 있었다.

―『한국산문』 4월

2006년 『수필춘추』 여름호 신인상 수상, 2011년 제4회 『한국산문』 문학상 수상.

촌평

많은 사람이 자신의 어둠을 감추려고 밖을 밝게 꾸미고, 뼈를 녹이는 슬픔을 삼키면서 태연한 척한다. 그것을 하소연해도 근본적인 치유는 불가능하다. 인간 상호 간의 이해와 소통에는 한계가 있기 때문이다. 주어진 삶의 무게는 자신만이 감당해야 할 몫이라는 것이다. 인생살이의 속성을 편안하게 펼친다.

그래야 할 때

신성원

한 나그네가 터벅터벅 길을 걷고 있었다. 갈 길은 먼데 난감하게도 갑자기 강가에 이르게 되었다. 당황한 나그네는 어떻게 하면 강을 건널 수 있을까 고민했다. 생각 끝에 나무를 베고 뗏목을 만들기 시작했다. 한참을 힘들여 튼튼한 뗏목을 만든 그는 그 뗏목을 타고 무사히 강을 건널 수 있었다. 그런데 막상 강을 건너고 나니 이번에는 그렇게 애써 만든 뗏목이 눈에 밟혔다. 그냥 두고 가자니 아깝기도 했고, 혹시라도 또 다시 강이 나타나 뗏목이 필요하지는 않을까, 하는 생각에 이르게 되었다. 그는 뗏목을 이고 길을 나섰다. 거추장스럽기 그지 없었지만, 뗏목을 만들 때보다 몇 배의 힘을 더 들여가며 길을 걸었다. 하지만 아무리 가도 강은 다시 나타나지 않았다. 그래도 이미 먼 길을 걸어왔기 때문에 다시 돌아갈 수도 없었다. 이제와 뗏목을 버릴 수도 없는 진퇴양난의 상황. 그는 어깨가 부서져라 뗏목을 지고 걸어갈 수밖에 없었다.

조금은 황당하기도 하고 미련해 보이기까지 하는 이야기라고 웃어 넘길 수도 있지만, 사실 우리들이야말로 이렇게 어처구니없는 욕심을 부릴 때가 종종 있음을 우리 스스로가 너무나 잘 알고 있다. 어릴 때는 바닐라 아이스크림을 먹을까, 초콜릿 아이스크림을 먹을까 고민하다가 기어코 두 가지 맛을 다 먹고는 배탈이 난 적도 있고, 친구들과 하굣길에 떡볶이 한 그릇을 사이좋게 나누어 먹다가도 마지막 남은 오뎅 한 개를 놓고 눈치싸움을 벌이다 결국 마음이 상하고 친구들 사이가 벌어졌던 기억도 떠오른다. 욕망의 대상이 오로지 먹을거리뿐인 순진했던 어린 시절의 이야기다.

얼마전 봄맞이 대청소를 했을 때는 집안 구석구석에 수북하게 쌓여 있는, 미처 버리지 못한 것들을 발견하고는 한숨을 길게 쉬었다. 몇 년 동안 한 번도 들춰보지 않은 책이며 예전에 진행했던 방송 프로그램의 원고들마저 탑모양을 이루며 쌓아 올려져 있었고, 무얼 먹고 마셨는지 알 수 있는 몇 년치의 각종 영수증들이며 공연 팜플렛, 영화 티켓까지도 차곡차곡 모아져 있었다. 어두컴컴한 창고 안에는 지금 보면 기억도 가물가물한 첫사랑 상대로부터 받은 편지들도 잠자고 있을 터였지만, 애써 찾아보지는 않았다. 언제 필요할 거라고 저 많은 종이조각들을 모아뒀을까, 싶었다. 여기저기에서 지나온 시간의 흔적들은 끝없이 발견됐다. 아마도 내가 욕망하는 대상은 특별한 시간 혹은 그 시간에 대한 기억거리였던 걸까. 과거의 시간이라는 강은 이미 잘 건너왔지만, 그 시간에 대한 기억을 그대로 버리기엔 너무나 아깝다는 생각이 들었을 테고, 먼 미래에 '혹시나' 그 시간들을 추억하기 위한 단서나 자료가 필요할지도 모른다는 터무니없는 생각이 방구석이며 책상서랍이며 빈틈이 없을 정도로 무언가로 가득채워져 있게 했던 것이다. 그리고 고백하건대, 이러한 습성은 사람에 대해서도 마찬가지였던 것 같다. 한때는 몹시 소중한 존재였기 때문에 가슴속에 아련한 추억으로나마 남겨뒀던 사람. 쉬이 잊혀지게 하지 않으려고 여러 번 아주 작고 희미한 기억의 조각들까지 애써 떠올리려 노력해봤던 사람. 수많은 시간과 공간을 나와 기꺼이 공유했던 사람. 부질없는 일일 줄 알면서도 그 사람을 내 마음속 어딘가에 담아두고 있었다.

애지중지하며 모아두고, 어딘가에 있겠지 하며 한 번도 돌아보지 않았던 것들을 이제는 버리려고 한다. 원망스럽고 밉기만 해서 더더욱 잊지 못했던 사람들도 이제는 놓아주려고 한다. 그래야 할 때가 된 것 같다. 뗏목을 만들어 강을 건넌 나그네는 뗏목에 대해서 어리석은 미련과 집착을 가졌기 때문에 버려야 할 때를 몰랐다. 그때를 몰랐기 때문에 무거운 뗏목을 언제까지고 이고 가야만 했던 것이다. 혹시나 강을 다시 만나게 되면, 이미 한 번의 경험이 있으므로 좀 더 수월하게 힘을 덜 들이고도 뗏목을 만들 수 있었을 텐데, 그런 능력을 기지게 된 스스로에게도 자신이 없었던 것이다. 그러니까 나그네는 뗏목을 버려야 할 때를 알아야만 했다. 비워야 채워진다고 하지 않았던가.

다시 새롭게 시작하기 위해 과거에 속했던 모든 것을 이제 정리해야겠다. 심리학에서는 이렇게 과거를 떠나 보내는 작업을 '애도'라고 한다. 처음에는 떠나가는 것과 멀어져가는 것 자체를 부인하고, 시간이 흐르면서 왜 내게 이런 일이 생겼는지 분노하지만, 그런 일련의 과정을 겪어내야만 비로소 영원한 이별을 인정하게 되는 것이 애도의 과정이라고 한다. 소중하게 아끼던 어떤 것을 잃게 되면 당연히 큰 슬픔이 다가오겠지만, 애간장이 다 녹아내릴 정도의 슬픔을 겪고 나면 비로소 새롭게 출발할 수 있는 힘을 얻게 된다는 것이다. 그야말로 아픈 만큼 성숙해진다는 이야기다. 상실 그 자체가 혹은 상실에서 오는 슬픔이나 분노 등의 부정적인 감정이 두려워 버려야 할 것들을 벽처럼 쌓아두고 그 안에 갇혀 살면서 잘 살고 있다고 착각하고 있는 건 아닌지 곰곰이 생각해봐야 한다.

　모두 다 버리자고 다짐했어도 어느 정도 시간이 지나면 또 무엇인가가 나도 모르게 쌓여질지도 모른다. 왜냐하면 사람은 어쩔 수 없이 욕망의 존재이기 때문에. 하지만, 그때가 되면 또 포기하고, 놓아주고, 그리고 버리면 된다. 그뿐이다. 평생 동안 살아가면서 우리는 끊임없이 상실의 아픔을 경험할 것이고, 그러면서 조금씩 성장해나갈 것이기 때문이다. 미련하게 뗏목을 짊어지고 갈 것인가 혹은 훌훌 던져버리고 훨씬 자유로운 몸이 되어 새로운 여정에 나설 것이다. 이제 선택은 온전히 내 몫이다.

―『월간에세이』 4월

KBS 공채 24기 아나운서.

> **촌평**
>
> 메시지가 분명하다. 주제의 문학으로서 수필의 속성을 잘 살린 작품이다. 새롭게 시작하려면 지나간 것을 정리해야 한다는 것이 요지다. 욕망에 사로잡혀 내 안에 들어온 모든 것을 붙들고 있는데, 때가 되면 이를 포기하고, 놓아주고, 버려야 한다는 것이다. 주제 중심의 작품에서는 설명적 진술이 제격이다.

꽃구경

김지수

올해는 봄이 없나 했다. 사월이지만 연일 차가운 세찬바람에 두터운 겉옷을 벗을 수가 없어서다. 어지간히 겨울을 좋아하는 나도 그런 날씨에 지치고 말았다 그러나 봄은 알게 모르게 낮은 포복으로 야금야금 밀고 들어와 어느새 자신의 자리를 잡았다.

눈을 주는 곳마다 꽃이다. 노란 개나리, 진달래, 팬지 시크라멘…… 오늘따라 유난히 고운 햇살은 나뭇가지 사이에 금빛으로 걸려 있다. 현관 밖에는 밤새 떨어진 벚꽃 잎들이 바람에 실려 눈같이 하얗게 쌓여 있다. 낙환들 꽃이 아니랴만 나는 흩어진 꽃잎을 쓸어 모은다. 십여 일 전에 피었던 히야신스는 화무십일홍이라고 그새 힘없이 고개를 떨구고 있다. 더욱 진해진 향은 초라해진 외모를 대신하는 것 같아 안쓰럽기 만하다.

한가한 시간 티브이를 켠다. 하얀 두루마기에 검정고무신, 반백이 되어버린 머리와 수염, 이마에 굵은 주름이 적잖은 나이련만 정갈한 모습이다. 아이 녀석들을 가르치다 잠깐 바람 쐬러 나온 훈장 같다.

~ 꽃이 피면 새가 울고~ 꽃이 지면 내가 우는~

이 노래를 이 사람만큼 구성지고 맛깔나게 부르기는 쉽지 않을 것이다. 그의 노래는 마음 깊은 곳을 흔든다. 노래가 끝나니 얼굴 가득 웃음을 띠우고 깊이 머리 숙여 인사한다. 사십이 넘어 노래를 시작했다는 사나이, 소리꾼 장사익이다. 이어 그의 〈꽃구경〉이라는 노래가 시작된다.

"어머니 꽃구경 가요. 제 등에 업히어 꽃구경 가요."
세상이 온통 꽃핀 봄날, 어머니는 좋아라고 아들 등에 업혔네.
마을을 지나고 산길을 지나고 산자락에 휘감겨 숲길이 짙어지자
"아이구 머니나!" 어머니는 그만 말을 잃더니
꽃구경, 봄구경 눈감아 버리더니
한 웅큼씩 한 웅큼씩 솔잎을 따서 가는 길 뒤에다 뿌리며 가네
"어머니 지금 뭐 하나요 솔잎은 뿌려 뭐 하나요."
아들아 아들아 내 아들아 너 혼자 내려갈 일이 걱정이구나.
길 잃고 헤맬까 걱정이구나.

김형영 시를 그가 엮은 곡으로 소리꾼은 마치 자신의 일인 양 노 랠 부른다. 설움을 삼키듯 붉어진 눈은 곧 눈물이 쏟아질 것 같다. 듣고 있는 나는 울고 있다. 목울대를 꽉 채운 그의 소리에는 한과 서러움이 배어 있다. 때로 그의 소리는 한여름에 빳빳한 삼베 호청을 요 위에 깔고 가려운 등을 문지르는 것같이 시원한 게 마음의 찌꺼

기를 거두기도 한다.

나의 엄마는 마흔셋에 구남매 중의 막내로 나를 두었다. 늦은 나이의 잉태여서 얼마나 남세스러운지 할 수만 있다면 지우고 싶었다고 한다. 무엇보다 한집에 사는 며느리와 같이 배가 부르니 얼마나 민망했을까. 높은 곳에서 뛰기도 하고 '금계랍'이라는 약을 한주먹 삼켜도 보았으나 뱃속의 아이는 끈질겼다. 그러니 태아를 위한 섭생 따위는 생각도 못했을 것이다. 결국 노산에 난산까지 겹쳐 산모와 아기가 위험했으나 의사의 도움으로 모두 무사했다고 한다.

그래서인지 나는 동기간 중에 몸이 제일 약하다. 노인자제에 끝물이니 그럴 것이다. 고추도 끝물은 씨만 꽉 차 있고, 모든 열매나 먹거리도 끝물은 꼴도 맛도 시원치 않다. 형제들과 여하한 경우에도 막내인 내가 먼저 지치는 걸 보면서 끝물을 실감하곤 한다. 엄마의 뱃속에서 금계랍을 먹은 탓이라고 나는 엄마를 원망하는 마음이 적지 않았다.

아이들이 어렸을 적, 한동안 털실로 짠 삼각 숄이 유행하고 있었다. 엄마는 시어머니 것을 짜고 있는 내게 '나도 하나 짜다우' 하셨다. 나는 힘들어서 두 개는 못 짜니 올케들에게 부탁하라며 한마디로 거절했다. 아무 말씀이 없었다. 말이 없던 그 모습이 걸리기 시작한 것은 하 세월이 흐른 뒤다.

모든 사람에게 한때는 꽃다운 시절이 있듯 나도 그랬다. 많은 사람들이 가시 있는 장미라고 놀렸다. 선인장의 가시는 잎의 역할을 한다지만 식물의 가시는 자신을 보호하기 위해서다. 내게도 가시가 있다면 어쩜 엄마의 뱃속에서 금계랍 세례를 받은 기억이 무의식 한쪽에 자리한 방어본능의 표출이 아닐까 싶다. 그리고 엄마의 청을 매몰차게 거절한 싹수없는 행위까지도. 허나 아버진 달랐다. 동네에서도 호랑이 같은 분이었고 다른 형제에겐 무섭고 엄했지만 늦둥이 막내인 나에겐 각별했다. 웬만한 곳은 늘 내손을 꼭 잡고 다니셨던 걸 보면 은근히 노익장의 과시가 아니었을까 싶기도 하다. 그래서인지 지금도 내안에 자리한 아버지는 어느 누구와 비교할 수 없이 절대적이다.

꽃만 그리는 한 친구가 있다. 어느 날 그녀가 무심코 말했다. 이렇게 꽃이 지천으로 피어나면 돌아가신 어머니 생각이난다고. 자신은 정말 꽃을 좋아하는 어머니와 꽃구경을 많이 다녔노라고. 그러면서 꽃구경을 가자고 했다.
친구는 무심코 한 말이지만 그 말을 들으니 가슴에 통증이 왔다. 나도 꽃구경을 많이 한 셈이지만 엄마와 같이 하진 않았다. 이나라, 저 나라, 또 장미축제며 꿈속 같던 벚꽃 길. 어느 과수원에서 본, 잠시 이승인지 저승인지 몽환적으로 사람을 홀릴 듯 매혹적인 복사꽃, 배꽃 등. 모두 기막힌 아름다움이라고 혼자 느끼고 좋아했을 뿐. 엄마를 모시고 꽃구경은커녕 단둘이 외출한 기억조차 희미하다. 어머니도 꽃을 좋아했을 것이다. 어릴 적 고향집 장독대 앞엔 엄마가 심은 아기 채송화가 옹기종기 정겨웠고, 가을이 되면 감나무 주변의 진홍빛 꽈리가 얼마나 탐스러웠던가.

오늘 소리꾼의 꽃구경은 한없이 불효를 더듬게 한다. 재에 덮인

불씨처럼 내안에 숨어 꺼지지 않는 엄마의 기억, 불쑥 불쑥 떠오를 때마다 가슴 한쪽이 아프지만 피하고 싶은 생각이 없다. 자식의 도리는커녕 사람의 도리도 못한 것 같아서다. 이렇게 화사한 날에 친구가 가자는 꽃구경도, 어버이날이라고 아이들의 효성어린 권유도 물리치면 다소간은 마음이 가벼워질는지……. 갑작스레 마음이 급해져 겉옷을 걸치고 꽃집을 향한다. 눈에 띄는 이꽃 저꽃을 한 아름 사서 문갑 위 엄마 아버지 사진 앞에 놓았다.

화사한 꽃다발! 처음으로 엄마와 같이하는 꽃구경이다.

이제는 삼각 목도리보다 더 좋은 모피 목도리를 둘러드릴 수 있고, 계절마다 꽃구경을 다닐 수 있다고 엄마를 바라보지만 무슨 소용일까. 결국 이 모든 생각과 행위는 네 자신을 위한 게 아니냐고 내 안에 있는 또 하나의 내가 어깨를 툭 치고 있다.

—『창작수필』 가을

1996년 『창작수필』 겨울호 등단. 제16회 창수문학상 수상.

촌평

봄날, 자식을 데리고 꽃구경을 나서지만 주름진 엄마의 손을 잡고 꽃구경을 나서는 자식은 별로 없다. 장사익의 〈꽃구경〉이 한의 노래라면 〈꽃구경〉은 회한의 엘레지일 것이다. "문갑 위, 엄마 아버지 사진 앞에 처음으로 꽃을 놓는" 구절에 다다르면 "어머니 꽃구경 가유"라는 말을 못한 속죄의 눈물을 누구나 흘리게 된다. 그 고백의 한 컷,

빵 굽는 아침

한경선

　버스 정류장 근처에 빵집이 있다. 아침마다 빵 굽는 냄새가 상술처럼 풍긴다. 그 앞을 지날 때는 가벼운 시장기가 일고, 옆 건물 예배당 십자가 위로 부서지는 햇빛조차 고소하게 느껴진다. 사람들은 옹기종기 모여 망보는 미어캣처럼 버스 오는 쪽을 향해 고개를 쫑긋거린다.
　정류장 찻길에 아침마다 비둘기 두 마리가 오간다. 차가 오고 사람이 와도 겁을 내지 않고 부리로 길바닥을 쪼아댄다. 아이들이 먹나 흘린 빵부스러기라도 떨어졌을까 살펴봐도 내 눈엔 도무지 아무것도 보이지 않는다. 밤새 배가 고팠던가. 햇살이 둥지 안으로 눈 비비고 들어오고 빵 굽는 냄새가 솔솔 퍼지자 시장기가 일어 내려온 모양이다. 부부 사이인지 어미와 새끼 사이인지 알 수 없으나 두 마리는 함께 다닌다. 제법 오랫동안 종종걸음 치는 것이 그 작은 모이 주머니 채우는 일도 쉽지 않은가 보다.
　도시는 비둘기가 설 자리를 주지 않는다. 배설물이 건축물을 부식

시키고 세균 번식 때문에 전염병이 생길 수 있다며 여기저기에서 쫓겨난 지 오래다. 평화의 상징이라며 환호하는 사람들 속에서 하늘을 푸드득 날아오를 일도 없다. 할 일 없어진 비둘기는 사람들이 많은 곳에 모여 살면서 쉽게 먹이를 얻고 빈둥거려 '닭둘기'라는 놀림을 받기도 한다. 지난 어느 가을 날 찾아간 성당에도 비둘기 먹이를 주지 말라는 안내문이 있었다. 한때 그 성당은 힘들고 지친 사람들이 쫓기어 들어가 억센 힘을 피하는 장소였지만 그곳에도 비둘기 쉴 자리는 없었다.

　버스 정류장에 있는 비둘기는 시장 튀밥집 앞에 사는 비둘기보다 부지런히 노동을 하여 먹이를 얻는다. 흩어진 튀밥으로 쉽게 배를 불린 비둘기는 몸집도 크고 둔해 보였지만 길바닥을 쪼고 다니는 두 마리 비둘기는 겨우 배고픔을 면한 듯 몸집이 작다. 사람으로 치자면 요령이 없고 세상 물정에 어두운 비둘기인가 보다. 아니면 무엇을 먹을까, 무엇을 입을까 하는 문제에 크게 마음을 쓰지 않는 비둘기인지도 모르겠다.

　비둘기가 종종거릴 때쯤 할머니 두 분이 적당한 시간 차이를 두고 느릿느릿 정류장 쪽으로 온다. 허름한 비닐 가방을 들고 와서 슬그머니 정보 신문 몇 부를 꺼내어 구겨 넣고는 흐릿하게 걸어간다. 그렇게 가져가니 어느 땐 꼭 필요한 신문을 구할 수 없다. 도대체 그깟 종이 몇 장을 가져다가 돈 몇 푼과 바꾸는가 싶어 말없이 눈치를 보내다가, '그 푼돈이 노인에게 꼭 필요하다면…….' 하는 생각이 들어 애써 외면을 한다. 쌀 한 줌이나 약 한 봉지가 절실한 문제일 수도 있기에.

요즘은 도시나 시골 할 것 없이 노인들만 따로 사는 집이 대부분이다. 노인들 가까이에서 얘기를 들어보면 그들은 죽음보다 깊은 외로움을 안고 산다. 몇 세대가 모여 살 때는 가족이라는 따뜻한 울타리 안에서 아이가 태어나고 노인은 인간의 품위를 지키며 눈을 감았다. 죽는 날까지 북적거리고 아이들 떠드는 소리에 묻혔을 터이니 넉넉하지 않은 살림일지라도 외롭지는 않았을 것이다.

아파트 놀이터에 앉아 볕을 쬐던 혼자 사는 노인들 중 한 분이 갑자기 뇌졸중으로 돌아가셨고 또 한 분도 고혈압 때문에 쓰러져 요양원으로 가셨다. 그분들을 '의사 어머니' '박사 어머니'라고 사람들이 불렀다. 예전과 달리 자녀들을 잘 길러 놔도 나이 든 부모에게 대부분 의지가 되어 주지 못한다. 좋이라도 모아서 푼돈을 써야 하고 남은 삶을 스스로 지탱해야 하는 노인들이 의외로 많다.

젊고 힘이 있는 내 걸음을 비둘기와 노인 옆에 놓는다. 한참 아이들 키우느라 헉헉대는 내 숨을 고른다. 먹이를 모으는 것은 내게도 힘든 일이다. 아이들 입에 바삐 물어다 날라도 그 일은 끝이 보이지 않았다. 이놈 입에 넣고 나면 다른 녀석이 입을 벌리고 재재거린다. 미처 물어나 주지 못한 녀석이 마음에 걸려서 돌아보면 먹이를 채 삼키지도 않은 녀석까지 또 다시 노란 주둥이를 내민다. 가끔 눈물 글썽거리는 눈물을 들키지 않으려고 먼 산을 보았다. 아이들은 짐이 되기도 하고 힘이 되기도 하는 희한한 존재였다. 노인들도 젊은 날엔 나처럼 뛰어 다녀도 아이들 크는 것을 보며 힘든 것을 견뎠을 것이다.

눈이 내리고 길이 얼어 미끄러워지면서 비둘기와 할머니의 발걸음은 뚝 끊어졌다. 그들이 어디서 어떻게 겨울을 나는지 생각지도 못하고 바삐 쫓겨 다녔다. 방학이 되어도 방에서 뒹굴지 못하는 학생들은 가방을 메고 버스를 기다린다. 춥다고 겨울잠을 잘 수 없는 사람들도 버스 정류장으로 모이고 빵 굽는 냄새는 여전히 아침마다 그곳에서 사방으로 퍼져나간다.

햇볕이 따뜻하게 퍼지는 어느 아침, 종이가방을 든 할머니가 걸어오는 모습이 보일 것이다. 투덕투덕 걷는 노인의 걸음 아래서 한 발자국씩 겨울이 물러나고 햇빛 부스러기를 쪼는 비둘기가 보이면 그때 봄이 온 줄 알 것이다. 나는 눈 속에서 봄빛을 실은 버스를 기다린다.

―『에세이 21』 봄

2001년 『전북일보』 신춘문예, 2003년
『수필과비평』 신인상 등단.

초평

세상 모든 생명은 빵을 구하기 위해 아침부터 길을 나서야 한다. 빵 굽는 냄새가 풍기는 아침 버스 정류장이다. 먹이를 찾는 비둘기, 신문을 비닐 가방에 담아가는 할머니, 출근길을 재촉하는 화자는 모두 빵을 찾아 나선 존재이며 봄빛 실은 버스를 기다린다. 사용된 상징이 다채롭다. 특히 제목이 그렇다.

고래 두 마리

김은주

보리밭 사이에 초록 고래 두 마리 바다를 향해 엎드려 있다. 꼬리는 어디로 감추었는지 초록 등짝만 햇살 아래 눈부시다. 금방이라도 등에서 푸른 물줄기를 뿜어 올릴 듯 등위의 곡선이 팽팽하다. 울퉁불퉁 들길을 걷다가 보니 내 시야는 흔들흔들 물결이 되고 흔들리는 내 시야 사이로 봉분은 보리밭을 가르며 바다로 나아갈 것 같다. 뭍에서 고래라니 그것도 보리밭 이랑 사이에서 고래 만날 일이 있기나 한가? 그런데 내 눈에는 분명 고래 두 마리가 바다를 향해 헤엄쳐 가고 있다.

막 익기 시작한 보리밭 사이에 바람이 지나간다. 바람은 분명히 한 방향에서 불어오는데 그 바람을 맞고 흔들리는 보리의 모습은 다 제각각이다. 흔들리는 보리이삭의 색이 바람의 결 따라 매번 달리 보인다. 진했다 다시 옅어지는 보리 색깔 사이로 고래의 등이 보였다가 순간 사라진다.

일행 모두 구룡포의 보리밭에 빠져 있을 때 나는 보리밭 사이에 엎드린 봉분에 마음이 홀딱 빼앗겨 있었다. 앞서 걸어가는 시인이 푸른 보리 이삭을 보고 청사라고 표현해도 그 말은 하나도 귀에 들어오지 않고 평평한 보리밭 사이에 둥근 봉분만 내 눈에 가득 찼다.

바다는 멀고 해당화는 붉다. 유월의 동해는 멸치가 막 뱃속에 알을 품은 듯 기름져 보인다. 초록 등을 가진 고래 두 마리는 물 없는 뭍에 묻혔으니 바다로 돌아갈 날은 멀어 보인다. 유월의 잔디는 봉분을 싱싱하게 덮고 눈앞에는 꽃이 만발하다. 한 마장 너머 동해의 푸른 물이 그들을 부르지만 갈 수 없으니 이 아니 애달픈가.

살아생전 바다를 끼고 살았겠지만 이제는 갈 수 없는 곳이 되고 말았으니 자손들이 동해의 푸른 파도라도 보고 지내라며 이곳에 터를 잡은 모양이다. 보리밭보다 조금 낮은 지형이 포근하고 안락해 보인다.

무심코 보리밭을 보러 왔다가 만난 두 봉분. 등굽은 자식이 그 봉분을 매만지고 있다. 바다로 못 가고 흙에 몸을 묻고 있는 일이 애달파 보였는지 봉분 만지는 손길이 사뭇 정성스럽다. 해는 이미 기울고 봉분 옆에 쪼그리고 앉아 풀을 베는 그의 등 뒤에 그림자가 길다. 사방이 보리밭인 호미곶 중심에 봉분 두 개 나란히 바다를 바라보고 있다.

묘지 앞 작은 밭뙈기에는 전부 해당화로 가득 찼다. 농사짓는 농부가 곡식 아닌 꽃이라니. 별일이다 싶어 해당화 밭을 유심히 내려다본다. 키 큰 해당화를 쓰러지지 않게 끈으로 잘 둘러놓은 걸 보니 저절로 자란 해당화도 아닐 성싶다. 이제 막 피기 시작한 해당화는 봉분을 위해 누가 조성해 놓은 것이 분명해 보인다. 나는 묘지보다 좀 더 높은 길 쪽에 서서 두 부부가 하는 양을 지켜보고 있다가 천천히 해당화 밭으로 내려갔다. 다가가니 뜨거운 지열에 묻어 올라오는 해당화 향이 아찔하다. 미리 핀 해당화는 제법 굵은 열매도 맺었다. 가까이 와서 보니 분홍의 꽃잎 속에 황금빛 꽃술이 향기만큼 눈부시다. 등굽은 자식이 잔디 고르던 손길을 놓고 낯선 객을 쳐다본다.

"해당화가 우째 이래 곱습니꺼."

"글치요. 울 엄니 꽃이구만요. 생전에 얼마나 해당화를 좋아했는지 모르니더. 가고 나니 내가 뭘 해줄 게 있어야지 꽃밭 맹글어 주는 것 말구는."

말로만 객을 맞고 손은 여전히 잔디를 고르고 있다. 굵은 손가락에 풀물이 파랗게 올랐다. 풀이 무성할 유월인데 명절 앞두고 막 벌초를 끝낸 봉분처럼 묏자리가 말끔하다. 자고 나면 자라나는 유월의 잡초를 수시로 매만졌는지 잡풀 하나 없어 보인다. 풀 고르던 손을 놓고 논두렁으로 나앉은 아저씨는 길게 담배 한 모금 드신다. 잠시 먼 산을 바라보고 앉았던 아저씨가 한마디 하신다.

"내가 우리 어메 애 많이 먹였다 아잉교. 말도 안 듣고 원양어선 타고 바람처럼 떠돌아 댕기미 우리 어메 애 많이 태웠수. 어메 저 세상 가고 나니 세상천지 내가 할 일은 없는기라요."

"살아생전 해당화를 얼매나 좋아했는지 내 밭 자리 하나를 다 해당화를 심었뿟소. 곡식 심어 배부른 것보다 꽃보고 좋아 할 어메 생각하마 내 배가 더 부르다 아잉교. 어메 보고 싶은 마음만 생기마 여그 와서 풀도 뽑고 꽃도 본다 아입니꺼."

밭 자리 바로 아랫동네 사는 부부는 매일 묘소에 올라와 꽃을 돌본다. 몸만 오간 것이 아니라 이들의 정성이 봉분 위에 고스란히 덮여 있다.

"대단합니더. 우예 해당화 심을 생각을 다 하셨어예."

"암만 내가 열심히 한다캐싸도 부모 정성이야 우예 따라가겠습니꺼."

툭툭 엉덩이를 털고 아저씨 다시 묘지 쪽으로 걸어간다. 우리는 죽었다 깨어나도 할 수 없는 일을 아저씨는 그런 양하고 있다.

산 조상도 제대로 건사하지 못하는 세상이다. 눈앞에 보이지 않는 조상에게 저리 성심을 다하다니 보기 드문 일이다. 죽은 사람이야 꽃인지, 바다인지 어떻게 알까? 하지만 스스로 해당화를 가꾸고 잔디를 고르는 동안 산사람의 가슴에 만화방창 꽃 피는 소리 들리지 않을까?

반질한 봉분은 아무리 봐도 다정한 두 마리 고래 같다. 멀리 보이는 바다가 기울어진 햇살에 쓸려 은빛으로 반짝인다. 등굽은 자식은 봉분 사이에 앉아 바다를 내다보는 일이 그저 큰 행복이다. 햇살에 익은 얼굴이 검다. 한참을 행복에 겨운 아저씨 얼굴을 쳐다보다 화들짝 놀라 둘러보니 그새 일행은 어디로 갔는지 아무도 없다. 고래에 취해 일행을 놓쳐버렸다.

누렇게 일렁이는 보리밭 사이로 푸덕거리며 고래 두 마리 바다를 향해 나아가고 있다. 그 옆에 등굽은 새끼 고래도 함께 따라가고 있다.

—『수필과 비평』 1월

2005년 평사리 토지문학 수필대상,
2007년 부산일보, 전북일보 신춘문예
등단. 제1회 매원문학상 수상.

촌평

어느 바닷가 보리밭 가운데 두 개의 봉분이 있다. 그것은 두 마리 고래가 바다를 향해 헤엄쳐가는 듯하다. 봉분 앞에는 해당화가 붉게 피어 있다. 아들 내외는 매일 이 묘소를 돌본다. 산 자와 죽은 자 모두 바다를 보는 일이 행복하다. 그곳에서 삶과 죽음, 육지와 바다는 하나다. 고래의 상징성이 인상적이다.

얘, 너 그거 아니?

이완주

얘, 전철의 노약자석에 앉아가는 노인들이 왜 그렇게 초라하고, 우그러지고, 냄새가 풀풀 나는지 아니? 그 옆에 선뜻 앉을 수 있겠니?

그들이 살아온 시대는 너희들이 상상도 못할 만큼 험난하기 그지 없었다. 자유란 눈곱만치도 없는 식민지치하에서 자라다 일본이 일으킨 대동아전쟁의 소용돌이에서 어린 나이에 징용으로 끌려갔다. 해방이 되고 나서 불과 5년, 육이오동란이 터져 또 다시 처자식을 남겨놓은 채 전쟁터로 끌려갔다. 아내는 살육과 포탄을 피해 어린자식들을 데리고 이곳저곳으로 피난을 다녔다. 그 후에는 어땠니? 수십 년 동안 독재자들은 입을 막아버렸고, 잦은 혁명으로 매일을 불안하게 살아왔다. 먹을 것이 겨우 해결된 것은 70년대 중반. 그 전까지는 언제나 식량이 부족해 소년 시절은 말할 것도 없었고, 청장년 시절과 결혼해서도 자식들을 먹이느라고 창자는 늘 비어 있었다. 그날그날 살기에 급급했을 뿐 어떻게 자신의 노후를 위한 준비를 해 놓을 여유가 있었겠니? 그래도 그들의 어버이는 그들보다는 나았다. 자식들이 부모들의 노후를 책임졌으니 말이다.

어제는 천안에서 청량리로 가는 전철을 타고 가는데 옆자리에 앉은 노파가 사뭇 걱정스런 표정으로 내게 물었다.
"이 차 영등포 가니껴?"
"청량리 가는 거니까 영등포도 가지요."
"서울 간다고 쓰여 있지 않아서……"
노파는 경상도 오미자가 많이 나는 고장에 영감과 단 둘이 살고 있다며 묻지 않는 말을 했다. 자식들이 자식들을 봐달라고 졸라서 홀로 서울에 왔단다. 올라오기 전날에 아이들에게 오미자청을 주려고 몰래 담다 영감님한테 들켰단다. 영감님은 자식들에게조차도 무엇을 준다면 무조건 극구 반대했다. 노파는 영감님이 외출한 틈에 담아놓았다 몰래 가지고 올라왔단다.

얘, 너 왜 그러는지 이해할 수 있니? 그 노인이 어렸을 때는 너남없이 째지게 가난해서 굶기를 밥 먹듯 했거든.
그 시절 나노 굶기도 하고 먹기도 했는데, 어느 아침 밥상에 난데없이 쌀밥그릇이 내 자리에 놓여 있는 거야. 나는 할아버지 자리에 밥그릇을 밀어놓았지. 그러니까 어머니가 말씀하시는 거야.
"애야, 오늘은 네 생일이란다."
그러고 보니까 미역국이 있고, 말씀하시는 어머니의 눈가에는 물기가 묻어 있더라. 어머니의 밥그릇은 언제나 새까만 꽁보리밥이었지. 끼니를 제대로 때우지 못하는 우리는 다복솔 밑을 찾아 새 알도 꺼내먹고, 남의 집 무도 뽑아먹고, 보리깜부기도 꺾어 먹으면서 허기진 배를 채웠지.

내가 어렸던 1950년대는 그래도 퍽 나은 편이었다. 일제 강점기의 기록을 보면 믿기지 않는 일이 너무 많이 일어났다.

조선총독부 농사시험장(농촌진흥청 전신)에 기사로 근무하던 타카하시 노보루라는 사람이 1939년 가을 아산군 염기면 곡교리(현 아산시 염치읍 교곡리)를 방문하고 나서「조선반도의 농법과 농민」에서 이렇게 기록하고 있다.

> 이 마을의 생산고는 벼 약 1천 섬인데 이 중에 소작료로 500섬을 납입했다. 나머지 500섬은 춘계영농비와 장리쌀 등을 갚았기 때문에 쌀밥을 먹지 못한다. 그밖에 남은 것은 보리 200섬과 밀 10섬, 콩 40섬, 팥 5섬, 기장 15섬이 전부다. 그해 가뭄이 들자 초기에 30명이 마을을 떠났다 대부분 돌아왔으나 남자 5명은 일본으로 건너갔다.

도쿄대학을 졸업하고 26년 동안 그는 '겸허한 자세로 조선의 농가에서 배운다'는 모토로 발로 현장을 뛰면서 남긴 수만 장의 기록에는 우리 농민이 쓰는 농법과 함께 굶어 죽어가는 백성들의 참상을 세밀하게 기록해 놓았지.

노인들의 잠재의식 속에는 배고픔의 공포가 각인되어 있어서 지금은 먹을 게 썩어나가도 절대로 남에게 주지 못하는 거란다. 그렇게 한많은 세월을 살아온 노인들의 얼굴이 어찌 편안할 수 있었겠니?

노인의 냄새만 해도 그렇다. 너는 매일 샤워를 하고 주말이면 목욕을 가지? 하루라도, 한 주일이라도 거르면 몸에서 벌레가 기어 나올 것 같지? 그러나 노인들의 시대는 딱 두 번 설과 추석 전에 목욕탕에 갔단다. 그게 습관이 들어서 지금도 목욕을 자주 할 줄 모른다.

1950년대 후반부터 60년대 중반까지 우리의 국민소득이 70달러에 지나지 않았다. 가난에 찌들고 찌든 우리는 목구멍 수라도 줄일 요량으로 아이들을 도시로 식모살이를 보냈고, 소식이 끊겨 요즘도 티브이에 가족을 찾으려고 나와서 눈물바다를 만들곤 한다.

노약자석에 앉아 병든 닭처럼 졸고 있는 노인들이 너희들의 할아버지나 아버지라면 받아들일 수 있겠니?

—『월간문학』2월

2004년 『한국수필』 신인상 등단. 2008년 조선일보 제1회 논픽션공모 대상 수상.

촌평

전철 노약자석에 앉은 초라한 노인들의 지난 모습을 일러준다. 번듯한 외모에만 눈길이 쏠리는 오늘날, 진정한 역사의 주인공을 외면하는 세태를 비판한다. 수필이 가벼운 신변적인 과거가 아니라 역사성을 기록하여야 한다는 당위성을 업고 있다. 남성 수필가라면 더더욱 수필작법이 무엇임을 여기서 얻어야 한다.

겨울, 자작나무 숲에 들다

심선경

　미시령 오르막길 바람이 차다. 살갗에 닿는 것은 바람이 아니라 칼날 같다. 감각이 무뎌진 다리를 끌며 얼마를 걷고 또 걸었을까. 어느 순간, 홀연히 눈앞에 나타난 자작나무 숲을 만난다. 유독 다른 나무들보다 이른 시기에 잎을 떨어내고 저 멀리 흰 기둥과 흰 가지만으로 빛나는 자작나무는 영혼의 뼈를 발라낸 듯 하늘 높이 솟아 있다.

　단 하나의 이파리까지 모두 지상에 내려놓은 빈 나무가 아름드리의 부피감 없이도 저리 빛날 수 있는 것은 자작나무의 어떤 힘 때문일까. 어둠과 빛이 한데 스며들어 그 경계조차 허물어진 산기슭에서 자작나무는 홀로 빛난다. 하지만 그 빛은 적막을 품어 눈부시지 않고 다만 고요할 뿐이다.

　자작나무 숲에 하얀 겨울바람이 분다. 바람에 색깔이 있다면 이곳에 부는 바람은 분명 하얀 바람이었을 게다. 빽빽하게 무리지어 선 나무들이 서로의 가지를 붙들고 있다. 혼자서는 매서운 바람과 찬

서리를 견딜 수 없어 어깨를 나란히 맞대고 선 것일까. 칼바람에 생채기가 났는지 마른 나무껍질은 쩍쩍 소리라도 낼 듯 등짝이 거칠게 갈라져 있다. 터진 수피 속으로는 맨살이 그대로 드러나 보인다. 지난 계절의 묵은 때를 모두 벗겨내기라도 하려는지 차곡차곡 겹쳐놓았던 종잇장이 들뜬 것처럼 나무껍질이 한꺼번에 일어난다.

저 많은 나무들이 함께 살아가는 숲에서 자작이 유독 빛날 수 있는 것은 한 계절 너끈히 견뎌준 남루한 껍질을 스스로 벗고 북풍한설에 여린 속살을 단단히 여물게 했기 때문일 게다. 흰 몸통의 군데군데는 저희들끼리 몸을 부딪쳐 가지치기한 자리인 양, 흉터처럼 남아 있는 옹이가 유난히 크고 짙어 보인다. 거대한 자연의 품에 한 그루의 옹골찬 나무로 우뚝 서기 위해 감내해야 했던 아픔이 고스란히 배어든 듯하다.

숲으로 들어와, 인내의 상처를 화인(火印)처럼 몸통에 남긴 채 당당하게 서 있는 자작나무를 만나지 않았다면 아마도 나는 중도에 산행을 포기했을지 모른다. 먼 곳에서 바라보았을 땐, 그저 신비롭고 아름답게만 보였던 자작나무 숲. 가까이 다가와 보니 이제야 알겠다. 저 빛니는 둥지를 갖기 위해 얼마나 혹독한 바람을 맨 몸으로 맞섰을지, 부러진 가지가 스스로 낸 아린 상처 자국에 얼마나 숱한 시간의 겹을 덧입혔을지 이제야 비로소 알겠다. 쓰러진 나무의 그루터기에 앉아 느슨해진 등산화 끈을 단단히 조여 맨다. 추위와 피로로 더 이상은 한 발짝도 옮길 수 없을 것 같았던 발걸음을 다시 내딛는다.

복잡한 도시 속, 출퇴근길의 행렬에 끼여 정신없이 달려온 세월.

계절이 어떻게 바뀌고 오늘 떠오른 해와 어제 떠올랐던 해가 어떻게 다른 것인지도 모른 채 살기 위한 집념으로 시간을 쪼개어 썼다. 그러다가 도심 한가운데를 지나면서 나도 몰래 종종 멈춰 서게 되는 때가 있었다. 그곳에 덩그러니 서 있는 내 모습은 의지할 곳 없는 빈약한 나무 한그루였다. 하늘을 찌를 듯한 빌딩이 즐비한 거리에서 왜 나는 숲의 배후로 버티고 서 있는 이 산이 그토록 그리웠을까. 삶은 내게 쉬지 말고 길을 가라고 재촉하지만 내겐 멈춰 쉬는 시간이 필요했다.

오래된 흑백필름 영상처럼, 자작나무의 허물벗기는 지난했던 내 삶의 모습을 떠올리게 한다. 어릴 적 순수했던 아이의 초롱초롱했던 눈망울은 어디로 가고, 온갖 풍파와 세월의 더께를 뒤집어써서 이제는 본 모습이 어떤 형상인지도 알 수 없는 내 껍질은 도대체 몇 겹으로 싸여 있는 걸까. 껍질을 얼마나 벗겨내야 그 속에 숨은 참된 내 모습을 발견할 수 있을까. 늦지 않았다면 자작나무가 껍질을 벗듯, 내 삶의 궤적 가운데 내밀한 튼튼함은 더욱 단단히 자라게 하고 씻지 못할 허물과 아픔은 죄다 밖으로 훌훌 털어내어 버리고 싶다.

자작나무에선 혁명의 냄새가 난다. 러시아 혁명에서 빨치산들이 피로에 지쳐 돌아오던 아지트도 자작나무 숲이었고, 닥터 지바고가 달빛을 틈타 혁명군들을 등졌던 곳도 자작나무 숲이었다. 인디언들은 그 나무를 '서 있는 키 큰 형제들'이라 부른다. 나무의 직립성을 이보다 더 적절하게 표현하기도 힘들지 싶다. 오로지 태양을 향해 곧게 선 나무가 자작나무뿐일까만 그 사랑이 얼마나 지극하면 저리도 흰 가슴으로 하늘바라기하며 마냥 서 있을까 싶다.

자작은 이름만큼이나 귀족적인 자태를 뽐내지만 결코 오만하거나 배타적이지는 않다. 또한 유아독존, 독야청청하지도 않다. 만약에 그렇다면 숲에서 멀리 떨어져 홀로 넓은 자리를 차지하고 있었어야 옳다. 무리로부터 떨어져 혼자 서 있는 자작나무는 곧게 자라지 못한다. 그래서 서로 어깨를 맞대어 함께 살아가는 것인가 보다. 가끔은 옆에 선 나무와 부딪치며 자연스럽게 가지를 정리한다. 저들끼리 경쟁하듯 하늘로 곧추서는 것이다. 서로가 서로의 버팀목이자 바람막이다. 그러면서도 한 그루 한 그루가 독자적 자존으로 빛을 발한다.

숲에 군락을 이룬 자작나무는 하늘높이 우뚝 솟아오르고도 내려보는 일이 없고, 앞에 서서도 뒤에 선 나무들의 배경이 될 줄을 안다. 서로 경쟁은 하지만 같이 살아가는, 그래서 더 충일한 존재감이 되는 나무. 함께 있어 아름다운 것들은 '나'를 버리지 않고도 '우리'가 된다는 것을 자작나무 숲이 내게 넌지시 일러주는 듯하다.

저녁 어스름에 상록수림을 배경으로 빛나는 자작나무 숲의 광휘, 숨이 막혀 버릴 듯 가장 낮은 곳으로 가라앉는 빛을 받아 지극히 섬세하고 고운 올로 새긴 잎사귀의 반짝임은 태양을 향한 자작나무의 연서(戀書)다. 남들은 그 눈부신 광채를 햇살의 반사광이라 말하지만 나는 그 빛이 자작나무 숲의 정령이 뿜어낸 신비한 기운이라고 믿고 싶다. 산그늘에 스스로 돋을새김하는 자작나무의 빛살 사이로 슬쩍 끼어 든 바람을 타고 잎사귀들이 하느적거린다.

유난히 환하고 흰 빛의 공간. 저 시린 숲의 빛깔을 그냥 하얗다고 말해버리기엔 무언가 많이 부족하다. 여기에 있으면 나도, 자작나무도 현실과는 너무도 먼 거리에 있는 듯한 착각이 든다. 자작나무 숲이 만들어낸 그 흔하지 않은 아름다움은 지상의 다른 모든 존재들처럼 내가 그 자리에 꼭 있어야 하는 것은 아니며, 우연하고 무상한 것이라는 사실을 어렴풋이나마 깨닫게 한다. 보이지 않아도 존재하는 것이 있고 들리지 않아도 소리내는 것이 있는 것처럼.

자작나무 숲을 돌아 나오는데 누군가의 낮고 차가운 목소리가 들리는 듯했다. 그 목소리는 이 거대한 자연의 품에서 단지 하나의 사물로써 존재하는 내 이름을 나직이 불러주었고 그는 내가 더 이상 다가갈 수 없는 자리에다 나를 주저앉혔다. 어떠한 대상도 여기서는 고요히 서 있거나 앉아 있는 하나의 물상에 지나지 않았다. 자작나무들의 들숨은 마침내 땅속의 먼 뿌리까지 닿고 그곳을 돌아 나온 힘찬 날숨은 온 산맥을 굽이치며 함께 출렁인다.

—『좋은 수필』 겨울

2002년 『수필과 비평』 등단, 제1회 수필문학상, 제16회 신곡문학상 수상.

촌평

자작나무를 예찬한 글이다. 예찬의 화법이 맹목적인 찬양으로 기울지 않고 분석적이고 지성적이다. 자작나무의 모습에 근거한 작가의 다양한 해석이 뛰어나다. 사물의 의미를 포착하는 안목이 없으면 불가능한 일이다. 감각적인 묘사, 풍부한 상상력, 다양한 이미지와 상징이 다층의 울림을 연출하다.

바다에서 강물을 만나다

김정화

　오륙도 선착장에서 누운 바다를 본다. 수평선에 기댄 바다는 초록 섬들을 보듬고, 그 섬들은 어깨로 파도를 다독이고 있다. 여객선 한 척이 빗금을 긋고 가니 바람이 밀려와 물이랑을 만든다. 파도의 장단에 몸을 싣고 낮게 낮게 내려오는 저 물살, 바람결 따라 흐르는 저 물결 소리.

　귀에 익다. 들은 적 있다. 바다를 향해 가장 낮은 물길을 좇아온 저 물살은 본디 강물이었을 터. 바다에서 강물을 본다. 구불구불 흐르는 개울물 소리를 듣는다. 그 소리를 거슬러 오르면 오래전 바다였던 옛 땅을 만나게 된다. 바다 속의 섬이 있듯이 들판 속에 묻힌 바다가 있다. 바다가 아니라도 파도가 잠든 곳, 모래벌판이 없어도 조개 더미가 밟히는 곳. 그곳이 내 고향 마을이다.

　나는 김수로왕이 여뀌 잎처럼 좁은 땅이지만 길한 곳이라고 지목한 김해의 한 외진 마을에서 태어났다. 금관가야 시절 김해평야가 바다였다는 기록이 아니어도 고향 마을 이름을 읊조리면 언제나 물결 소리가 들리곤 한다. 내 고향은 행정상 지명보다는 새내마을 혹은 쇠내마을이라는 구전 이름으로 더 많이 불렸다. 간혹 농한기가 되면 동네 사람들이 모여 앉아 마을 이름의 유래에 대해 가벼운 논쟁을 벌이곤 했다. 논길 옆의 샛강 역사가 오래되지 않아 '새내'라는 측과 강이 소의 냇물이니 '쇠내'라든가 강물에 염수가 끼여 토질이 쇠 같으므로 '쇠내'라는 등의 주장이 오갔지만 결론은 언제나 흐지부지되었다. 아무래도 나는 좋았다.

장마철만 되면 읍내 아이들이 "새내, 새내, 비가 새네." 하며 놀리던 '새네'도 괜찮았다. 바다의 흔적은 인근 마을의 이름들에도 고스란히 남아 갯내음을 풍긴다. 남으로는 녹두처럼 작은 섬인 녹도에서 유래한 '녹산(菉山)'이 펼쳐졌고, 서쪽에는 똥매마을로 불리던 덕지도의 새 이름 '송산(松山)'이 우뚝 솟아 있었다. 지평선 끝자락에 보이던 종소리가 나는 섬 '명지도(鳴旨島)'에서는 해조음이 울리는 듯했고, 댓섬이던 '죽림(竹林)'과 낙동강이 바다에 걸쳐 있던 옛 무인섬 '가락동(駕洛洞)'까지 정겹지 않은 곳이 없었다.

사방은 논이었다. 어둠살이 처지면 지평선이 커다란 원을 그리며 내려앉았다. 그때 즈음 논 한가운데 우뚝 솟은 송신탑이 불을 밝혔다. 빨간 불빛은 빈 허공에 점을 찍듯 세 군데에서 번갈아 깜박였다. 밤하늘의 별들 아래 수직으로 떨어지던 붉은 불덩이. 오래도록 쳐다보고 있으면 까닭 없이 고독해져서 눈이 시렸다. 송신소 불빛을 우리는 들판의 등대라 불렀다. 어릴 적 나는 그 등댓불을 보며 아버지의 늦은 귀가를 기다리고, "이바구 떼바구 강떼바구……"로 시작되는 어머니의 무서운 옛이야기 소리와 보릿대로 태우는 매캐한 모깃

불 연기를 맡으며 잠들곤 했다.

　바다에 가지 않고도 바닷물을 만나던 시절이었다. 내가 초등학교 4학년 때 처음으로 동네에 공동 수도가 놓였다. 수도가 생기기 전에는 윗동네 길모퉁이에 식수로 쓰는 단우물이 하나 있었는데, 지금도 눈감으면 우물물을 긷고자 서 있던 긴 줄이 문풍지에 비친 그림자처럼 아른거린다. 물론, 우리 집 근처에서도 몇 번이나 우물을 팠으나 그때마다 짠물만 솟았다. 짠 우물물은 평소에 허드렛물로 사용했는데 손이 시리도록 차가워서 수박이나 참외를 담가 두거나 등목을 하며 더위를 식혔다. 바다는 땅속에서도 본성을 지켜내고 있었다.

　당시 마을 앞 샛강에는 재첩을 실어 나르는 나룻배가 갈대숲을 헤치며 들어왔다. 동네 아낙들은 대부분 그 재첩을 받아 장사를 했다. 내 어머니도 예외가 아니었다. 새벽녘이면 재첩국을 담은 양철 동이를 이고 안개가 휘둘린 두렁길을 걸어 읍내로 장사를 나갔다. 그때의 재첩 알은 어찌나 굵고 쫀득했던지 씹는 맛이 일품이었지만, 그보다 더 잊지 못하는 것은 파란 강물 같은 재첩 국물의 물빛이다. 마치 강물을 떠서 옮겨온 듯 투명했고, 푸른 하늘이 내려앉은 것처럼 맑고 고요했다. 지금도 나는 밥상 위에 재첩국이 오르면 선뜻 숟가락을 들지 못한다. 낡은 짐자전거 위에 재첩 자루를 싣고 오던 아버지의 구릿빛 얼굴, 무쇠솥 가득 뜨겁게 뿜어내던 비릿한 재첩 내음, "재칫국 사이소." 외치며 발품을 팔던 어머니의 여윈 목소리. 다시 볼 수 없는 풍경으로 남았다.

　세상의 빈칸이 바다이듯이 내 마음의 여백은 온통 유년의 기억이다. 어른이 된 후에도 꿈을 꾸면 흙담이 있는 고향 집으로 단숨에 달려간다. 언젠가 고향 집이 있던 집터를 찾아가 섧게 운 적이 있는데, 꿈속에서도 갈대가 부비는 집 앞 개울이 나타나면 꺽꺽꺽 목이 메도록 잘 운다. 그래서 나는 꿈이 반대라는 속설보다 꿈은 현실의 그림자라는 생각을 곧잘 한다. 돌이켜보면 가난했지만 내 생애에 가장 행복했던 순간이 그때이다. 이제 옛집은 없어지고 지도에는 반듯한 새 길이 그어졌다. 늙은 부모님 목소리도 다시는 들을 수 없다. 그래서 슬프고 더욱 그립다.

어느새 오륙도 밭섬의 등대가 불빛을 내고 있다. 내 기억의 들판 송신탑에도 불이 켜진다. 파도 소리, 귓전에서 부딪힌다. 개개비가 발을 담갔던 고향의 샛강 물소리가 들린다. 재첩 국물 같은 파란 강이 바닷속으로 흘러들어온다.

—『에세이포레』겨울

2006년 『수필과비평』으로 등단. 제3회 천강문학상, 제19회 부산문학상 우수상 수상.

촌평

바닷가에서 김정화는 시간을 뛰어넘는 강물 소리를 전해준다. 처연하리만큼 아름다웠던 김해 새내마을이 지도에서 사라졌지만 송신탑 불빛, 나룻배, 갈대숲 울음, 재첩 장수 어머니의 발자국이라는 노스텔지어의 언어로 생생하게 되살아난다. "재첩 국물 같은 파란 강"이라는 표현처럼 남다른 감수성과 선연한 이미지로 맛깔스럽게 디자인한 작품이다.

5부 못난이 백서

내 앞의 문 / 성낙향
못난이 백서 / 노정숙
황금비늘 / 남태희
갑생이 / 백남오
우렁각시 / 김영자
문, 그리고 36.5 degrees / 윤남석
불안과 나는 한통속 / 정경희
노을이 지던 날 / 고윤자
마을 주막집 / 김기동

내 앞의 문

성낙향

손이 비트는 방향으로 노상 순하게 돌아가던 문고리였다. 내 의지대로 열리고 닫히던 문이었다. 당연히 그럴 거라고 여겼던 문고리가 난데없이 저항했을 때, 마치 그것으로부터 격렬하게 거부당하는 느낌이 들었다. 문의 완강한 저항. 나를 가로막는 단단한 저항이 손끝으로부터 온몸에 전해졌을 때, 내가 그동안 이 문을 장악하고 살았다 여겼던 게 실은 착각이었음을 깨달았다. 문을 온전히 소유한 건 내가 아니라 열쇠였다.

일요일 오후, 여행 가방을 옆에 던져두고서 나는 계단에 쪼그리고 앉아 있다. 잠긴 문을 열고 집에 들어갈 수 없어서다. 그는 외출중이다. 집을 비우고 나간 그에게 수없이 전화해도 받지 않는다. 화가 치밀어 오른다. 물론 이런 상황에 처한 데는 내 책임도 있다. 일정보다 일찍 서둘러 귀가한 책임. 현관문 열쇠를 챙겨 나오지 않았던 책임. 그러나 나의 분노는 편파적이다. 내 잘못보다는 전화를 받지 않는 그를 향해서만 일방적으로 끓어오른다. 가방 속의 책을 꺼내 무릎 위에 펼쳐보지만 산란한 머릿속으로 활자는 들어오지 않는다. 내 시선은 자꾸 문으로 가 꽂힌다. 그가 돌아올 때까지 지루한 대치를 이어가야 할 저 문에게로.

일상이 어긋날 때면 종종 뜻하지 않은 것들이 삶속으로 뛰어드는 법이다. 오늘 내 앞에 느닷없이 버티고 선 문이 바로 그런 것이다. 저 문을 이처럼 오래 응시한 적이 있었던가. 매일, 하루에도 몇 번씩 드나들던 문이었으나 이렇게 가만히 앉아서 바라보는 문은 낯설다. 늘상 문 뒤의 세상에 뛰어들기 급급하여 한 번이라도 제대로 문을 바라보지 못한 때문이다.

치통을 느낄 때 비로소 이빨을 환기하게 되는 것처럼, 제 등 뒤의 안락의자와 물 한잔을 향한 내 욕망을 저지당하는 이 불편한 순간에 이르러서야 저 문, 문이란 존재를 직시하게 된다. 그래, 지금 이 시간만큼은 문 하나가 내 세계의 전부다.

저 문은 내가 만난 몇 번째 문일까.

살아오는 동안 수없이 많은 문을 만났다. 각양각색의 문들. 내 인생은 어쩌면 그것들을 하나씩 열고 닫으며 지나오는 과정이었는지 모른다. 어린 시절 자주 가서 놀던 작은 교회당의 낡은 대문. 늦은 밤 지물포의 문에 끼워지던 페인트로 굵게 숫자가 쓰인 양철덧문들. 혼자 힘으로 열기 버겁던 외가의 육중한 나무대문. 안채의 세살문들, 겨울이면 부옇게 김이 서리던 퇴창이 달린 철물점 가겟방문. 지각한 날 간발의 차이로 닫히고 만 학교정문. 저마다 하나의 세상을 숨기고 있던 문들.

 따뜻한 기억으로 남아 있는 문과 그저 바라보기만 하고 들어가지 않았던 문도 많았다. 오늘처럼 나를 막아선 문들도 있었다. 수술실 문은 생각만으로도 마음이 시리다. 머리에 비닐 캡을 쓴 남편, 캡 때문인지 이상하게 낯선 얼굴의 그가 침상에 실려 수술실로 들어가자마자 문이 닫혔다. 어느 때보다 함께이고 싶은 시간에 서로를 떼어 놓고 마는 썬팅된 문 앞에서, 자신의 운명을 타인의 손에 맡긴 남편만큼이나 나도 외로웠다. 그리고…… 공항의 출국장 문도 그랬다. 먼 이국으로 떠나는 아들 녀석이 출국장으로 들어가고 그 아이 등 뒤에서 문이 닫혔을 때, 한동안 그 자리에 꼼짝 않고 서서 나는 또 다른 여행객에 의해 그 문이 열리기를 기다리며 넬리섹의 말을 떠올렸었다.

 '문이란 칼과 같죠. 세계를 두 개로 자르니까요.'

 문은 벽의 연장이다. 이동식 벽이다. 그러니 문의 속성은 개방보다는 폐쇄에 있다. 닫혀 있을 때 견고하게 저항하는 문이 좋은 문이다. 문의 뒤편에 있을 때는 잘 잠긴 문의 등짝을 늘 믿음직하게 여기지 않았는가. 나는 좀 전까지 원리원칙에서 벗어나지 않는 문의 강직함에 분노했었다. 저에게 부여된 역할과 책임을 다하는 문에게 '내가 누군 줄 알고 가로막느냐?'며 패악을 부렸다. 우스운 일이다. 문은 어떤 고귀한 분이나 악한의 방문을 받았을 때도 지금처럼 팔짱을 낀 채 요지부동이었을 것이다. 이 세상 단 하나의 열쇠에게만 반응하도록 문을 길들여 놓은 것은 나였다. 열쇠가 올 때까지 다른 무엇에도 한눈팔지 않는 충직한 자세를 지켜보면서, 문의 미덕에 잠시 분개했던 나를 탓한다. 그런데 저 문을 다스릴 열쇠는 대체 언제 도착하는가.

차가운 계단에 쪼그리고 앉아 있으니 임응식의 사진 '전쟁고아'가 생각난다. 그 사진 속의 고아도 폐허의 어딘가에 지금의 나처럼 쪼그리고 앉아 있었다. 넝마에 맨발, 온몸에 때가 새카맣던 소년이었다. 다섯 살쯤 됐을까? 이마에 주름이 잡히도록 눈을 잔뜩 치떠 카메라 렌즈를 바라보던 아이의 눈초리가 떠오른다. 난리 통에 혼자된 그 아이에겐 사방이 온통 잠긴 문이었을 것이다.

어머니를 잃어버린 순간, 아이에게는 세계로 통하는 문이 닫혀버린다. 애초에 어머니는 모든 인간에게 문이었다. 어머니라는 문을 열고서만이 세상에 나올 수 있다. 내 아랫배에도 붉고 기다란 문 하나가 있다. 임시로 만들었다가 지금은 폐쇄된 문. 그 문을 열고 아이 둘이 세상에 나왔다. 출산의 순간이 아니라도 어머니는 자식에게 늘 열린 문이다. 떠나온 곳을 향해서나, 돌아갈 곳을 향해서나.

어머니를 잃어버리면 생의 비밀의 문 하나가 영영 닫혀버린다. 고아 수년의 치뜬 눈이 무언가를 간절히 찾고 있다는 걸 난 알 수 있었다. 아이는 문을 찾고 있었다. 세상 어느 편에선가 또 다른 문 하나가 열리기를 고대하고 있었다. 자신의 틈입을 허락하는 문. 자신을 그 영문 모를 잔혹한 고립으로부터 벗어나게 해 줄 어딘가의 열린 문을.

이윽고, 복도 창으로 석양빛이 스며든다. 그는 지금 어디에 있는가. 어떤 문들을 지나다니고 있는가. 어쩌면 그도 나처럼 문 하나를 열지 못해서 집으로 오는 시간이 이리 더뎌지고 있는 것인가. 그를 향한 분노는 조금씩 사그라들고 걱정과 조바심이 섶을 타고들 듯 내 마음결에 옮겨 붙는다.

그러나 때가 되면 나는 금색으로 도장한 저 철문을 열고 집으로 들어갈 것이다. 그리고 내일도, 모레도, 생의 끝 날까지 계속해서 닫힌 문들을 열고 지나갈 것이다. 어쩌면 생과 사의 접점을 통과할 때마저도.

죽음에 이른 뒤에라야 문은 소용없는 것이 될 터. 흙으로 봉분을 쌓아올리거나, 석판을 덮은 묘지, 유택(幽宅)의 어디에서도 문을 본 기억은 없다.

문 앞을 서성이다가 전화기를 꺼내 그를 다시 호출한다. 아니, 저 문의 열쇠를 호출한다.

—『수필세계』 여름

2009년 경남일보 신춘문예 수필당선,
『에세이문학』 등단.

촌평

작가는 문과 관련된 여러 화소를 중층적으로 결합해 다양한 의미를 탐색한다. 일상의 익숙한 대상에서 예상 밖의 의미를 발견하는 것이 수필 쓰기임을 잘 말해 준다. 인접 화소를 연결하여 사유를 확산하는 상상력과 유비의 능력이 돋보인다. 인생은 닫힌 문을 열고 새로운 세계를 만나는 과정이라고 말한다.

못난이 백서

노정숙

싹둑, 머리를 커트했다. 내 20대 스타일이다. 그 푸르던 시절에도 긴 머리 찰랑이며 여성미를 뽐내보지 못했다. 선머슴처럼 짧아진 머리를 보며 남편은 그게 뭐냐고 난리다. 얼굴이 함지박만 해 보인다나. 요즘 얼굴 작게 보이는 게 대세인데, 못생긴 얼굴을 다 드러냈다고 핀잔이다. 이 남자에게 립서비스를 기대하지는 않지만, 자기는 정직하다며 매운 말만 한다. 내 참, 못 생긴 것 다 아는데도 호시탐탐 기회를 잡아서 상기시킨다. 집에서 헤어밴드로 머리를 올려붙일 때마다 그런 스타일은 잘 생긴 사람이 하는 거라나. 이렇게 말본새 없는 사람과 삼십년을 넘게 살다보니 나도 많이 여물어졌다. 웬만한 말폭탄에는 끄떡도 하지 않는다.

사실은 못생겼다는 데 대해서 면역이 있다. 어릴 때 오빠들한테 늘 듣던 말이기도 해서다. '우리 못난이' '빈대코'가 내 별명이었다. 아들 셋에 10년 만에 태어난 늦둥이 딸이다. 바닥에 내려놓기도 아까워했다지만 귀한 것이 예쁜 것에 묻어갈 수는 없는 모양이다.

오래전에 고전소설 『박씨전』을 읽으며 눈이 번쩍 뜨였다. 너무 못생겨서 남편에게 외면당한 박씨 부인은 지혜롭고 용감하여 남편이 어려움에 처했을 때 해결사가 되어줄 뿐 아니라, 외적이 쳐들어왔을 때도 슬기로 몰아낸다. 졸렬한 행동을 한 남편을 그냥 용서하지 않고 사과를 받아낸 후에 받아들인다. 못남으로 인한 온갖 박대를 의연히 이겨낸 후 얼굴의 허물이 벗겨져 미인이 되는, 반전이 통쾌한 이야기다. 뛰어난 학식과 재주가 많은 당당한 이 여인을 나의 마음 속 사부(師父)로 삼았다.

시간의 풍화를 견디고 살아남은 고전들, 그것들의 깊은 숨결을 가까이 하면 언제나 숙연해진다. 이런 숙연함이 나를 키우고 또 절망에 빠지게도 하지만, 나들이 가는 엄마의 치맛자락을 놓지 않듯이 검질기게 잡고 늘어진다.

딸이 대학생이 되었을 때다. 친구들에게 "넌 크면서 엄마랑 똑같아 지네"하는 소리를 들을 때마다 "차라리 날 때려라"로 받아치더니 급기야 쌍꺼풀수술을 해서 작은 눈을 확, 키우고서 만족해한다. 순한 눈매가 사나워졌는데 그게 좋단다.

행여나 내가 성형을 한다면 존재감 없는 코다. 콧대를 확실하게 높이면 왠지 지적인 욕구가 충족될 것 같은 생각이 들 때가 있다. 다행히 그 욕망이 크지 않아 아직 큰돈을 축내지는 않았다. 요즘은 주사 몇 대로도 오똑한 코가 만들어진다니 속으로 씨익 웃는다. 못났다는 말을 견딜 수 없는 때가 오면 손을 보리라.

겉모양의 열등감을 극복하는 방법이 있어서 다행이다. 마음이나 굳은 의지로 해결되지 않을 때 성형도 필요하다. 아직은 청춘이 나이에 있지 않고 마음가짐에 있다는 말을 떠올리면 저절로 그윽해진다. 그러나 늙음에 대해서 자신감이 없어지면 삶의 연륜인 주름을 없애고 처진 피부를 올려붙이는 것도 좋다.

남이 말하는 못남과 내가 느끼는 못남의 차이를 생각한다. 스스로 기특하게 생각하는 마음이 없으면 늘 못난 사람이 된다. 스스로를 뻑, 가게 칭찬하는 자뻑이 필요하다. 아직 살아내야 할 시간이 만만찮으니 자기 자신을 괜찮은 사람으로 세뇌시켜야 한다. 수필은 사람, 그 자체가 거리이기 때문이다. '천성스러운 유머와 보석 같은 위트'니 '탁마된 세련'을 주문하면 주눅이 든다. 완벽한 사람이 되려고 하지 말고, 솔직한 사람이 되면 그만이라고 다독인다.

잘난 글에 대한 욕망이 들끓을 때면 시도 때도 없이 글 성형에 매달린다. 글 성형은 전문가의 손을 빌릴 수 없는 데에 문제가 있다. 못난이라는 말은 이겨낼 수 있어도 내 글이 못난 것에는 낯 뜨겁게 날을 세운다. 세상의 잣대는 튀어야 한다고, 확실하게 돋보여야 한다고 몰아붙여도 늘 한 박자 늦게, 내 깜냥대로 나간다.

칠레팔레 떠도는 마음의 굴곡이나 울뚝불뚝 치솟는 대책 없는 감상마저도 소중히 여긴다. 태생적 덜렁기가 나를 지탱하는 힘이 되기도 한다. 일이건 사람관계든 마음을 다하고 나서 잊어버리려고 한다. 결과는 내 몫이 아니라며 의연한 척 호기를 부린다. 같은 행동에도 세월이 지나면 주위의 평가가 달라지기도 한다. 미숙했던 일도 함께 한 세월이 진심을 전하기 때문이다. 그때그때 인정받으려고 하면 상처가 될 수 있다. 나의 평가를 남에게 의지하지 않고, 스스로 자신을 믿는 것도 좋은 방책이다.

쉽게 고쳐지지 않는 것이 타고난 성정이다. 지어먹은 노력으로 가능할지 의문이 생긴다. 어쩌겠는가. 비판적 시각을 키우는 데 날카로운 마음을 이용해 보고, 가슴 속 깊은 상처는 진솔하게 풀어내기만 하면 위로와 공감을 얻을 수 있지 않겠는가. 결국 제 울림통만큼 소리를 낼 것이다.

남편이 술에 잔뜩 취해서 오는 날이면 하는 말이 있다. "내 일생일대의 행운은 당신이랑 결혼한 거야" 다음날 필름이 끊어져 기억하지 못한다고 해도, 그것으로 그 본새 없는 말폭탄들을 다 용서한다. 어느 날 쨍한 한 편의 글이 그동안 내 서툰 말놀이 - 여물지 못한 고백을 모두 상쇄 받을 수 있는 날이 오기를 나도 기대한다.

속 시끄러운 어느 날 또 머리를 쌍둥, 자를 것이고, 솔직하다는 남편에게 '더 못나 보인다'는 지청구를 들을 것이고, 그래도 나는 씩씩하게 나아갈 것이다.

언젠가 나도 쌈박한 글줄로 못난이의 허물을 벗을지도 모른다. 박씨 부인의 해피엔딩이 나의 시작이다.

—『수필세계』가을

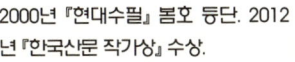
2000년 『현대수필』 봄호 등단. 2012년 『한국신문 작가상』 수상.

외모 콤플렉스에 시달리는 중년 여성을 변호하는 내용이다. "쌍꺼풀을 높이고 콧대를 세우는" 성형공화국에서 살아가야 하는 여성들을 안쓰럽게 위로하는 풍자법이 돋보인다. 중년 주부의 당당함은 자세에서 나온다는 것, 나아가 "삼박한 글줄로 허물을 벗고 싶다"는 작가의 꿈이 결미에서 제 빛을 발한다.

황금 비늘

남태희

한길에 매운바람이 분다. 바람을 피해 현금인출기 부스 안에 서서 나는 잠시 바깥을 살핀다. 세탁소 앞 붕어빵 리어카가 요란하게 비닐 장막을 날리며 펄펄 앓는 소리를 한다. 붕어빵가게 주인이 추위를 피해 세탁소에 있다가 나오는 모습이 보인다. 하지만 된바람은 그녀를 막다른 골목으로 내몰 듯하다. 그녀가 휘청거리는 걸음으로 날리는 투명 비닐 장막을 벽돌로 눌러 정리하는 걸 보자 내 마음은 금방 싸락눈이라도 내릴 듯 우울하다.

'이런 날은 차라리 집에서 하루쯤 푹 쉬지. 왜 나와서 사람의 마음을 우울하게 하는지'

괜스레 알 수 없는 감정이 치민다. 종종 걸음 치는 사람들은 아파트 정문 앞에서 더욱 더 옷깃을 여미고 집으로 달음질 친다. 따뜻한 붕어빵도 이렇게 매서운 날에는 보이지 않는지 모두 외면하고 간다. 세 개씩 석 줄, 세로로 놓인 붕어빵의 통통한 배가 가라앉아 달라붙기 전 한 줄이라도 팔려야 할 텐데……, 붕어빵을 파는 그녀보다 내가 더 안달이 나 참을성 없이 문을 열고야 말았다.

그녀는 일명 투 잡 족이다. 아침 일찍부터 가가호호를 방문하여 세탁물을 거둬들이는 것이 그녀의 첫째 직업이다. 두 번째가 붕어빵 굽기이다. 작달막한 키에 연약한 체구의 그녀는 아이들을 학교에 보내고 커피 한잔을 하고 있을 때 쯤 목소리로 먼저 만난다. 세~탁을 외치며 총총걸음으로 계단을 내려온다. 나도 두어 번 세탁물을 맡긴 적이 있다. 하지만 승강기 안이나 간혹 길에서 마주쳐도 모르는 사이에 가깝다.

날씨가 서늘해지는 늦가을이 되자 그녀의 붕어빵 가게가 차려졌다. 작년에도 꼭 이때 쯤 그 일을 시작한 걸로 기억한다. 붕어빵을 굽는 그녀의 솜씨는 엉망이었다. 리어카에는 분명 '통통 붕어빵' 이라 적혀 있었다. 하지만 팥이 덜 들어간 듯 짜부라진 빵이었다. 간혹 너무 오래 철판에 누워 있어 진한 갈색이 된 붕어빵을 덤으로 얻어 오기도 했다.

하지만 오늘 그녀의 붕어빵은 제법 그럴듯하다. 우선 색이 노르스름하니 식욕을 돋우고 팥앙금도 적당히 들어 살도 올랐다. 구수한 냄새조차 더해져서 빨리 한입 베어 물고 싶어진다. 덕분에 이제 덤이야 줄어들겠지만 서운해 할 일은 아니다. 이렇게 날씨가 짓궂은 날도 빵을 굽는 걸 보니 또래의 그녀가 새삼 장하게 보인다.

'남편은 있는지, 혹 병들어 누워 있는 건 아닌지'

'아이들을 혼자서 공부 시키느라 저렇게 열심히 살아 보려고 하는지'

봉투에 담긴 붕어빵 여섯 마리를 안고 손을 녹이며 속내를 보이지 않는 그녀를 두고 온갖 상상을 해본다.

장사를 하면서도 그렇게 살갑게 손님을 대하지 않는다. 헛웃음을 흘리며 손님을 요리하는 장사치보다 차라리 마음에 드는 행동이다. 단지 웃음에 인색할 뿐인데 내 나이 또래의 그녀가 안타까워 후한 점수를 매긴 건지도 모르겠다. 아니 그녀에게서 오래전 내 어머니의 모습을 보았기 때문일 게다.

어머니는 시장 초입 약국 앞에서 인삼장사를 하셨다. 농사만 짓다 도시로 온 어머니는 셈이 서툴렀다. 저울을 속이지 않고 좋은 물건을 판다는 소문에 단골도 점차 생겼다. 그리고 솜씨 좋은 어머니는 짬짬이 뜨개질로 모자를 떠서 팔았다. 가끔 급히 용돈이 궁해지면 어머니를 찾아 시장에 갔다. 그날도 그랬다. 바람이 집나간 마누라 찾아내라는 듯 사납게 소리를 냈다. 어머니는 차마 약국 안에는 들어가지 못하고 옆 잡화점에서 발칫잠을 자듯 한쪽 구석에 끼어 앉아 졸고 계셨다. 체크무늬 보자기로 머리를 싸매고 옹송그리고 앉아 있는 어머니의 어깨는 그날따라 더욱 좁고 추워 보였다. 급히 몸을 돌려 집으로 오는 내내 그 모습이 눈에 밟혀 괜스레 화가 났다. 손님도 많지 않은 이런 날 하루쯤은 집에서 쉬지 꼭 저렇게 청승을 떨어 속을 뒤집어놓는 어머니가 원망스러웠다. 장사가 신통찮았는지 다른 날보다 일찍 오신 어머니를 모른 척하고 난 오래도록 헛잠을 잤다.

이제 나도 그때 어머니의 나이가 되었다.

"하루도 쉴 수 없었던 비탈진 삶을 지탱해 주었던 것은 너희 사남매였다."

추억처럼 말씀하시는 어머니 앞에서 발버둥 치며 소리 내어 울지도 못하는 나이가 되었다. 두 겹, 세 겹의 일로 고단했던 어머니의 삶은 서릿발자국 소리가 되어 내 가슴에 오늘도 서걱대며 지나간다.

바람 부는 한길에서 붕어빵을 굽고 있는 그녀도 분명 눈빛 맑은 아이가 있지 싶다. 그러기에 물 먹인 솜처럼 가라앉던 몸도 새벽이면 곧추세우고 일어날 수 있을 것이다. 혼자 살자고 저렇게 검푸른 손을 바삐 움직이는 이는 드물다. 붕어빵을 구우며 내 삶만은 닮지 말라 말할지도 모른다. 기름칠을 한 붕어빵틀처럼 반들반들 빛나는 그녀의 여문 두 눈을 본다. 그녀는 지금 붕어빵이 아닌 선명한 희망을 굽고 있다. 그녀의 꿈이 통통 부풀어 황금비늘을 달고서 푸른 바다를 헤엄칠 날을 그려본다.

—『수필문학』 10월

2008년 『수필문학』 등단.

> 세상의 모든 어머니는 내 어머니라는 사실을 투사시킨 글이다. 작가는 붕어빵을 파는 아줌마에게서 투잡을 했던 어머니를 떠올린다. 세상 어디서든 어머니의 생활력은 "자식이 있음"에서 시작한다. 한국 여성이 대단하다면 아줌마가 아니라 엄마이기 때문이다. 남태희는 그 진실된 찬사를 "희망의 붕어빵을 굽는" 서민에게 바친다.

갑생이

백남오

이발하는 날은 늘 설렌다. 잠재된 유년의 기억과 그 발가벗은 여린 영혼들을 만날 수 있음이다. 나는 한 달에 한 번씩은 반드시 이발을 하는데 수십 년을 같은 집에서만 했다. 다른 사람에게 머리를 맡겨본 적은 기억조차 없다. 머리 스타일에 대해서도 나의 주관은 없다. 머리를 짧게 치든 말든, 염색을 하든 말든, 그것은 모두 이발사 '갑생이'의 몫이다.

갑생이는 '머릿골'에서 태어나 14년을 함께 자란 동갑내기 죽마고우다. 어린 시절 갑생이는 골목대장이었다. 한 살 아래로는 그 누구할 것 없이 절대복종이었다. 갑생이가 곧 법이었다. 등하굣길에 가방을 들어주는 것은 기본이고, 그의 다양한 행동지침에 복종했다. 학교를 파하고 개울에서 고기를 잡자면 고기를 잡았고, 진달래꽃을 꺾자면 산으로 모였다. 그 대열에서 이탈해 왕따가 되는 것은 무서운 일이었다. 그러니 누가 감히 항변을 할 수 있었겠는가. 그 강력한 카리스마가 도대체 어디서 나온 것인지 지금도 궁금할 때가 있다.

이문열의 『우리들의 일그러진 영웅』에 나오는 엄석대, 그 이상이었으니까 말이다.

갑생이의 이발관은 내가 살고 있는 마산의 완월동에 있는데 25년 동안 같은 자리다. 그러다보니 단골손님이 대부분이고 지금은 동네의 사랑방 역할까지 톡톡히 해내고 있다. 손님 중에는 방송국 기자도 있고, 동장, 시청 공무원, 퇴직 교장, 변호사, 자영업자 등 지역의 유지들이 대부분이다. 갑생이는 이들의 말동무가 되어주고 인생 상담역할까지 해주는 편한 친구다. 이러한 과정에서 여러 지식을 쌓고, 세상을 바라보는 안목도 성장하게 되었다. 실력과 능력이라는 것이 반드시 제도권 교육기관 안에서만 연마되지 않는다는 사실을 알게 된다.

이런 추억도 생각이 난다. 나는 갑생이와 장난감학교를 설립하여 운영한 적이 있는데 동네 아이들을 학생 삼아 공부를 했다. 우리 집 빈 마구간을 교실로 사용하며 재미나는 자연놀이를 주로 하였다. 비 오는 날이면 가끔은 학교를 제치고 산야를 누볐으며 각종 산나물과 약초를 캐기도 하고, 꿩, 노루, 토끼 사냥을 즐겼다. 한번은 노루새끼를 잡아 집에서 키운 일도 있는데, 출석부도 만들고 당번을 정해서 노루를 돌보았다. 나는 선생님이었고 갑생이는 급장이었다. 내가 30년 이상 교직에 종사할 수 있는 힘도 그때의 추억과 무관하지 않으리라 생각한다.

중학교 진학을 할 무렵 갑생이는 밀양으로 이사를 갔고 이발을 배웠다. 물론 직업으로 삼지 않으려고 여러 일을 전전하며 온갖 발버둥을 쳤다. 일본까지 가서 그곳에 정착하려고도 했지만 숙명은 피할 수 없는 일이라 했다. 그는 결국 이발사가 되었고 열심히 일했다. 생활이 어느 정도 정착되자 정신과병원에서 6년 동안 이발봉사를 하는 등 소외된 이웃 돌보기에도 관심을 가졌다. 2012년 4월에는 창원시장의 모범표창까지 받게 된다.

아이들 역시 훌륭하게 키워냈다. 컴퓨터공학 전공한 아들은 유능한 회사원이 되었고, 딸은 간호사로 그 전문직을 성실하게 수행하고 있다. 결코 쉬운 일이 아니지만 그는 해냈다.

40년도 더 지난 지금, 가만히 되돌아보며 이런 생각을 하게 된다. 유년시절 '머릿골'에서 그 강력한 리더십이야말로 객지에서 시련을 이겨내고 많은 사람을 포용할 수 있는 힘이 되었으며, 봉사활동까지 할 수 있는 동력이었음을 알게 된다. 그는 이제 모두가 부러워하는 평생직장까지 가졌다. 이발사는 정년이 없기 때문이다.

지금 나는 이발하러 가는 길이다. 마음은 이미 부푼 소년으로 돌아가 있다. 갑생이는 세상에서 가장 행복한 이발사가 되어 환한 웃음으로 유년의 동무를 반겨줄 것이다.

—『경남문학』 12월

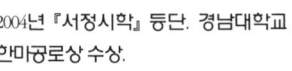

2004년 『서정시학』 등단. 경남대학교 한마공로상 수상.

수필은 삶의 연보이면서 작은 초상화이다. '갑생이'는 고향 죽마고우를 따뜻한 시선으로 지켜보고 그린 전(傳)수필로서 산업화의 유혹을 마다하고 시골 이발사로서 고향을 지켜온 작은 영웅이다. 비록 시대의 주변인이 되어버렸을지라도 고향을 찾아가는 길목에서 문득 만나고 싶은 잃어버린 자아가 갑생이로 나타난다.

우렁각시

김영자

 겨울이 가고 3월이 왔다. 며칠 따뜻한 햇살에 성급히 얼굴을 내밀었던 개나리가 꽃샘추위에 그만 얼어붙고 말았다. 그러나 풋풋한 가지를 보니 여차하면 곧 다시 꽃봉오리를 쏟아낼 기세다. 그런 개나리를 보니 초혼에 실패하고 홀로 지내고 있는 아들이 생각났다. 지금은 기가 꺾여 있어도 꿋꿋한 젊음이 있으니 곧 좋은 날이 오겠지 생각하며 우리 부부는 오랜만에 찜질방에 가서 땀을 흘렸다. 땀이 비 오듯 흘러내리면 가슴을 짓누르고 있던 것이 녹아내리는 것 같아 속이 후련하다. 목욕을 하고나서 산책삼아 아들의 오피스텔로 발길을 돌렸다. 옥선씨한테서 들은 얘기가 생각났기 때문이다.
 옥선씨는 우리 집 가사 일을 돕고 있다. 매주 한 번씩 아들의 오피스텔에 가서 세탁과 청소를 하고 난초에 물을 주고 온다. 그리고 세 끼 식사는 어떻게 하는지, 잠자리는 편한지, 담배는 끊었는지 나를 대신해서 물어본다. 나는 대답이 긴성인줄 알면서도 매번 전해 듣는다. 아기자기한 재미도 잊힌 지 오래고, 진지한 대화도 나눈 지 오래

여서 나는 늘 아들이 서먹하다.

어느 날 옥선씨가 자꾸만 내 서재를 기웃거리며 눈치를 보더니 마침내 커피 한 잔을 들고 들어와서 '사모님!' 하고 입을 열었다. 할 얘기가 있는 눈치다.

지난번에 오피스텔에 갔을 때, 냉장고 안에 먹다 남은 반찬이 있었고, 밥솥에 따뜻한 밥이 있어서 깜짝 놀랐다고 한다. '누군가가 드나들고 있다'는 자기만의 분명한 결론을 내렸다. 나는 지나가는 일이거니, 듣고 흘려버렸다.

그 뿐이 아니다. 이번에는 JCI(국제청년회의소)지구회장 당선을 축하 한다는, 꽃바구니 속의 카드에 여자 이름이 적혀있었고, 그날도 따뜻한 밥과 국이 있었다고 한다. 여자 친구가 있을 수도 있지. 게다가 여성회원도 있으니까. 역시 새로울 것이 없었다.

한 달쯤 지났다. 침대 위에서 보석이 박힌 머리핀을 발견했다고 한다. 이번엔 특종이라도 찾아낸 것처럼 "여자 것이 틀림없어요. 제가 왜 모르겠어요?" 하며, 분명 우렁각시가 있다고 우겼다. 옥선 씨 앞에서는 "뭐, 그럴 수도 있지 젊은 놈이!" 하고 일축해버렸다. 그러나 나는 속으로 꾹 참았다. 놀람 반, 기쁨 반을.

우렁각시, '어느 날, 혼자 사는 노총각이 외로이 땅을 파다가 "이 땅을 파서 누구랑 먹고사나" 하고 탄식하자 "나랑 먹고 살지" 하는 청량한 목소리를 듣게 되었다. 둘러봐도 사람은 없고 우렁이 하나가 있자 총각은 그것을 집으로 가져와서 항아리에 넣어두었다. 농사일을 하고 돌아와 보면 김이 모락모락 나는 밥상이 차려져 있곤 했다. 하루는 숨어서 지켜보니, 우렁이 속에서 아름다운 처녀가 나와서 밥을 짓고, 빨래를 하고, 집안을 정돈 한 후 다시 항아리에 들어가더라는 것이었다. 다음 날 총각은 그 처녀를 지키고 있다가 덥석 잡아서는…….' 누구나 다 아는 우렁각시 이야기다.

민담은 꿈의 이야기임에는 틀림없다. 전달하고자 하는 메시지는 지방마다 그 의미가 조금씩 다르다고 한다. 사람이 원하고 꿈꾸는 방향으로, 그 상상의 나래는 제한 없이 펼쳐진다. 그리고 항상 해피앤딩이다.

만약 당신이 장가를 못가고 외롭게 살고 있다면 그런 각시를 만나는 것이 소원일 것이다. 어미 입장에서도 우렁각시 반만 닮은 며느리를 볼 수 있다면 소원이 없겠다. 하지만 나는 아들의 '우렁각시'에 대한 진심을 알 리 없다. 아들이 제 입으로 말 할 때를 기다려야 할지, 단도직입적으로 물어봐야 할지, 궁리만 하다가 그만 지나가는 바람이거니 하고 잊어버렸다.

오피스텔 13층, 라운지 내부는 고요하고 적막하다. 초인종을 눌러 놓고 한참을 기다려도 기척이 없다. '아! 전화를 하고 올 것을.' 하고 돌아서려는데 문이 빠끔히 열렸다. 난생 처음 보는 아가씨가 얼굴을 내 밀었다. 황급했던지 원피스 앞 단추가 엇끼어져 있다. "넌 누구냐?"하고 묻기도 전에 뒤에 서있던 남편이 내 옆구리를 꾹 찌르며 퍽 떠다민다. 나는 엉겁결에 현관으로 들어섰고 남편은 식탁의자에 턱 앉아서 태연한 척 한다.

아가씨가 따라 주는 차를 마시는데 나는 자꾸만 목이 타고 열이 났다. 조금 전의 불가마 속 열기 때문이 아닌 것 같다. 아가씨가 따라주는 찻잔을 들고 마시기는 하지만 이 잔이 축배(祝杯)일지 고배

(苦杯)일지를 판단해야 할 기로의 순간에 놓였다. 고뇌에 찬 표정을, 그런 감정의 기복을 애써 감추려고 하니 더욱 더 진땀이 났다. 한 번 이혼한 놈이 아닌가. 지레짐작으로 가슴이 두근거리고 할 말이 마른 목에 걸려 나오질 않는다. 그러나 한편, 몰래 만나는 색시가 바로 앞에 있으니 이제는 억지로 물어 볼 것도, 억지 대답을 들을 것도 없다. 보이는 이 현상(現想)이 바로 아들의 모범답안이다.

복잡한 생각을 말자고 하면서 한숨을 쉬는데 아들이 방문을 열고 나왔다. 마치 취조실로 들어오는 피의자의 모습, 꾀죄죄한 몰골로 거실 바닥에 주저앉는다. 그런 아들을 바라보니 어미 마음은 쥐어박고 싶은데 남편의 관심은 전혀 아들에게 있지 않다. 네 사람의 시선은 각기 보는 순서만 달랐지 천정, 책장, 벽, 소파 등 엉뚱한 데를 맴돌며 서로 못 본 체한다.

고기압에 끼인 저기압으로 대기가 불안정해지면서 금방 비구름이 몰려올 분위기다. 침묵이 흐른다. 그마저 정지했는지 숨이 꽉 막힌다. 순간 굵직한 남편의 목소리가 터지면서 장마전선이 물러가고 기압골이 안정을 찾아갔다. 서 있는 처녀에게 앉으라고 권하고 나서부터였다. 차(茶)우린 맛을 칭찬하는 남편의 다정한 한 마디에 기습적이던 어색함과 불안함도 사라졌다.

처녀는 조금 쑥스러워 하면서 살짝 웃는다. 미소 띤 얼굴로 어른을 대하는 처녀의 태도는 그런대로 조신해 보였고, 차분한 태도가 억지로 꾸미려 하지 않아서 오히려 우리를 편하게 했다. 어려보이는 인상과는 사뭇 다르다. 또한 남편의 간단한 질문에 대답이 제법 상세하다. 즉, 예. 아니요. 한 다음, 약간의 정보를 실어서 다시 설명하는 것이 매우 성실하고 개방적이다. 구김살 없고 자연스럽다. 남편과 주고받는 대화 사이에 처녀의 성격이 보인다. 남편은 궁금한 것을 못 참는다. 뭔가 그런 남편과 카테고리(Category)가 비슷하다.

반면에 나는 폐쇄적인 생각뿐이다. '이혼남'이라는 것을 알고나 있나? 해서 아들을 살펴보니 시선을 돌린다. 그리고 시선이 마룻바닥에만 꽂히는 것이 안쓰럽기 짝이 없다. 난감하고 황당해서 아주 낭패스런 표정이다. 아들은 어미를 원망스레 바라보며 제발 그만 가라고 눈치를 준다. 나는 남편을 부추기고 자리에서 일어났다. "따로 할 얘기가 있으니 전화 하마" 따라 일어서는 처녀에게 겨우 그 말을 남기고 현관문을 나섰다.

강변을 달리며 우렁각시의 여운을 새겨보았다. 느낌이나 정취가 싫지 않았다. 재혼은 초혼보다 상당한 적응을 요구하는 일련의 복잡한 변화이고, 모험이라고 생각해왔다. 나는 이제 그런 강박관념을 미련 없이 날려버리리라. 속이 개운했다. 운전대를 잡은 나의 손에서 가락의 장단이 느껴졌다. 남편은 입을 슬며시 벌릴듯하면서 빙싯 빙싯 웃고 있다.

한강 주변의 아름다운 풍경이 한 눈에 들어온다. 하늘이 강물 속으로, 강물이 하늘 속으로 그 푸른빛이 서로 물들어 있다. 개나리 숲에 쏟아지는 햇빛이 눈이 부시다. 얼어붙었던 개나리가 곧 다시 만발하겠지.

—『창작수필』 겨울

2012년 『한국수필』 가을 등단.

촌평

　수필은 민담처럼 보통사람이 품은 희망을 현장화한다. 세상 어머니가 아들에게 이루고 싶은 꿈은 "우렁각시를 닮은 며느리"를 얻는 것이다. 이혼이 보편화된 시대에 작가는 아들의 짝을 "주어져 고마워해야 할 복"으로 받아들인다. 부모의 심정을 담담하게 담아낸 가정 이야기로서 시대풍속을 살필 수 있다.

門, 그리고 36.5 degrees

윤남석

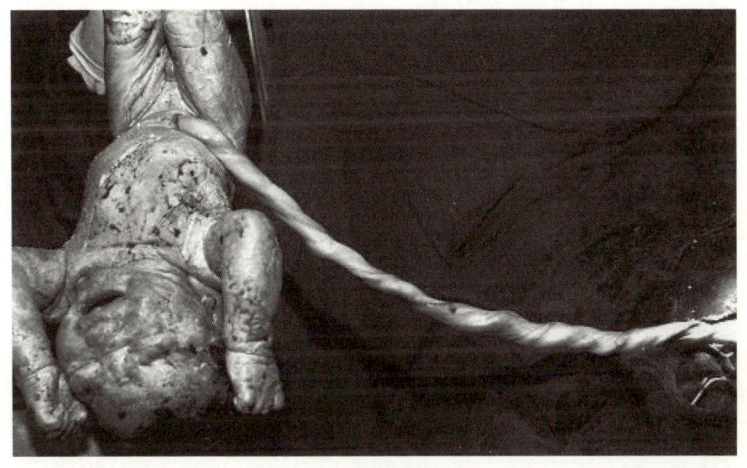

〈사진=남경숙〉

두 발목을 잡히는 순간

너는 세상에서 생명을 얻었으며

동시에

세상에 발목 잡혔다[1]

하늘이 세상과의 친견을 허락해야만 한다. 그 위엄 서린 허락이 떨어지기 전까지는 이제껏 어떠한 편법도 허용치 않았다. 어미의 허리는 이미 네댓 번도 더 동강난 상태지만—분만실 Y자 의자에 두 다리 벌린 채 누워—성스러운 하늘의 명령을 고대한다.

오랜 숙려 끝, 드디어 하늘이 그 간곡함을 들어주기로 한다. 분만실 밖에서 마른침을 삼키며 천명을 기다리던 사람들도 그제야 안도의 숨을 길게 내쉰다. 하늘이 정말 고맙다, 고 하는 말은 바로 이럴 때 쓰기 위해 극히 아껴둘 필요도 있다. 이 악물고 속으로 참은 통증이 급속도로 밑으로 처지기 시작한다. 아기집을 열기 위한 그 모짊에 그만, 밑은 왕창 빠지고야 만다. 하늘이 열어준 문으로 핏덩이를 게워 낸다. 탯줄에 대롱대롱 매달린 핏덩이는 아직 세상의 빛이 불안하기만 하다.

사진작가 남경숙은 핏덩이가 세상에 편입되는, 그 벅찬 광경을 사진집 『36도 5부』[2)]에 담았다. 인간은 36도 5부의 체온으로 세상에 나온다. 그녀는 그 체온이 우리 마음의 온도, 라고 말한다. 사람으로 태어난 이상, 이 정도 마음의 온도는 가지고 살아야 하지 않겠느냐, 고 덧붙인다.

벌건 핏덩이를 밀어내기 위해 어미는 기꺼이, 제 살을 찢었다. 아기집에 있던, 또 하나의 36도 5부를 세상에 쏟아 내는 숭엄한 순간이다. 어미를 초주검으로 만든 핏덩이가 숫구멍(天門)을 내보이며 가랑이 사이에서 어수룩한 세상을 접한다. 핏덩이는 거꾸로 들려져 볼기를 맞는다. 어미는 생살이 찢기고 뼈가 어그러지는 아픔보다는,

핏덩이가 하늘이 열어준 문을 잘 통과한 것을 보고, 그제야 가슴을 쓸어내린다. 세상으로 떠밀린 한 생명은 탯줄에 매달린 채 울음으로 장엄한 탄생을 고한다.

 탄생의 순간은 그야말로 기적이다. 오직 하늘의 오묘한 섭리에 의해서만 진행되며, 어미와 아기를 잇던 생명줄은 이내 절단된다. 그 탯줄을 끊음으로써 모체와 아기의 관계는 분리되고, 어미의 체내를 이탈한 탯줄은 더는 세상 온도를 받아들이지 못한다. 36도 5부는 하늘이 핏덩이에게만 허락한 체온이다. 태반 혈액은 차츰 오므라들고 탯줄의 맥박은 서서히 멈추게 된다. 탯줄에서 나온 혈액이 후에 또다시 긴요한 생명줄이 되기도 하지만, 세상 밖으로 나온 탯줄은 당장 필요를 찾지 못하고 집게에 의해 종지부를 찍고 만다.

 예로부터 탯줄을 소중히 여겼다는 풍습이 있고 자녀들의 무병장수를 기원했다. 요즘은 탯줄을 포함한 태반이 폐기물관리법에 의거 감염성 폐기물로 관리되고 있지만, 병원에서 배출된 태반 등이 불법 유통된다는 보도가 이따금 흘러나오기도 한다. 태반과 탯줄의 신비로운 효능 때문에 의학적 유용성에 대한 연구는 활발한 편이다. 그러나 백혈병이나 특정 질환에 걸렸을 때 이식하는 혈액 줄기세포인 '조혈모(造血母세포)'의 냉동보관 비용이 만만찮은 편이어서 널리 활용되지 못하는 실정이기도 하다. 예전에는 아기 생명을 지키던 태반과 탯줄을 귀하게 여겨, 어떻게 다루느냐에 따라 아기 운명이 좌우된다고 믿었다. 그래서 깨끗한 천으로 감싸 목갑이나 태항에 보관하고, 그렇지 못하는 백성들은 탯줄을 불에 태우거나 물에 띄워 보냈다. 요즘에는 그러한 믿음이 많이 희석되어 감염성 폐기물로 처리

되는 수모를 겪고 있다. 탯줄을 생명과 운명의 상징으로 여겨지던 시대에서 보면 가통할 일이 아닐 수 없다.

긴 탯줄은 천륜이 끈적끈적하게 밴 생명의 튜브다. 탯줄을 자기의 의지와 상관없이 끊어내야만 하는 아기는, 그 지워지지 않는 화인(火印)을 배꼽에 표시해두게 된다. 배 아파 난 어미에게서 전염된, 천륜이라는 그 질긴 바이러스를 결코 잊어서는 안 되기 때문이다. 몸의 한복판에 새긴 화인은 부모와의 천륜을 거스르지 않겠다는 표식이며, 또 하늘이 문을 열어줄 때 천륜을 새기며 살아가라는 뜻에서 준 증표이기도 하다. 어미와 자식 간의 인연은 그렇게 하늘이 정해 주는 것이다.

한편으로는, 잘려진 탯줄이 과보(果報)가 아닐까 싶은 생각이 들기도 한다. 탯줄을 자름으로 어미에게 지워진 업보가 아기에게 전이되지 않게끔 차단시키려는 건 혹여 아닐까, 그 업보를 끊어, 밝은 운명으로 거듭나기를 바라는 간절함이 탯줄의 집도를 허락하는 건 아닐까, 그렇게 하늘이 자연스레 업의 고리를 끊어주는 걸까, 하는 생각에서다.

탯줄의 절단은 예속에서 벗어남을 의미한다. 양막 안에서는 태반과 태아를 연결하는 생명선으로 더없이 소중했지만—분신 같은 새 생명이 세상 밖으로 나오고 나서는 주체스러울 수밖에 없으며—그 질긴 끈을 끊어주어야만 낱몸으로서의 역할을 수행하기 때문이다.

  태어날 때부터 여자들은
  몸 안에 한 채의 궁전을 가지고 태어난다

그래서 따로 지상의 집을 짓지 않는다[3]

여자들은 작은 피조물을 키우는 그런 집을 가지고 태어나며, 그 집의 관리는 생명을 점지하는 하늘이 관장한다. 하늘은 뜨거운 36도 5부를 창조하는 역할을 한다. 어미는 그저 느끼고 그에 순응할 뿐이다. 오직 하늘만이 안다.

그렇다면 태아는 사람일까? 임산부 신체의 일부일까? 우매한 질문 같지만, 그에 대한 대답도 우둔하기 짝이 없기는 매한가지다. 대법원은 진통이 시작되지 않았다면 태아의 상태에 상관없이 '사람'도 아니고 '신체의 일부'도 아니라는 판결을 내린 바 있다. 진통을 수반하면서 분만이 개시된 태아만 사람으로 본다는 것이다. 그들은 하늘의 피조물을 이해하려 들지 않고, 고리타분한 법전만 뒤적거려 답을 구하는 완매함을 보인다. 생명은 사전에도 '여자의 자궁 속에 자리 잡아 앞으로 사람으로 태어날 존재'라고 되어 있는데, '태어날'과 '태어난'이라는 시점의 논리만 기준으로 삼는, 참으로 해괴한 판결이 아닐 수 없다.

지금 이 순간 온 우주가 너를 위해 열렸다[4]

7년 동안 작업한 그녀의 36도 5부는 바로 생명이다. 그렇게 피어난 36도 5부는 다시 하늘로 돌아갈 때까지 생명을 유지시킨다. 모든 시작은 귀했지만, 안타깝게도 우리는 누구도 자신의 시작을 보지 못한다는 숙제, 비록 돌아가는 순간은 보지 못할지언정 우리가 세상에 나오는 순간만이라도 보여주기 위한 집념이 그녀로 하여금 카메라를 들게 만든 것이다.

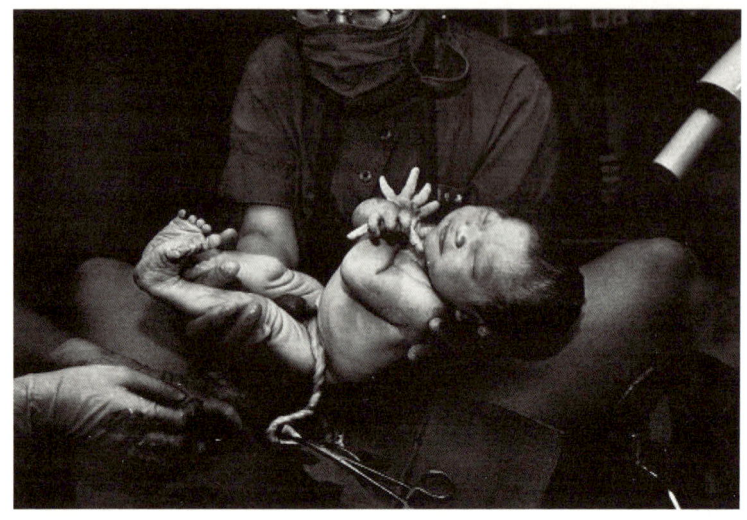

〈사진=남경숙〉

그녀의 흑백사진 속에서 존엄한 음향이 살아 꿈틀댄다. 우주와 생명이 부대끼는 숭고한 호흡음이 평화롭게 쌔근대고 있다.
"그래, 이게 생명이지. 이 세상에 이것보다 더 선하고 아름다운 기적이 어디 있겠나."
그녀의 표현처럼 36도 5부는 가장 성스러운 장면을 담았다. 세상에 나온 36도 5부가 우주를 향해 호흡을 가다듬는다. 우주와의 첫 호흡은 엄마, 라는 낱말을 통해 시작된다. 더 이상 어미 심장 소리도 들리지 않는, 낯선 환경으로 인한 불안이 '엄마'라는 시니피앙(Signifiant)으로 변환된다. 복중에 있을 때부터 소중히 끌어안고 있던 어미에 대한 기억회로를 부호화시킨 음파가 바로 '엄마'다. 그렇게 각인된 부호는, 무서워도 엄마, 깜짝 놀라도 엄마, 배가 아파도 엄마, 뜻밖의 기쁨에도 엄마, 라는 느낌씨를 찾게 한다. 엄마는 그렇게 인간이 세상을 살아가면서 가장 자연스레 느끼는 호흡음이다.

나는 모릅니다. 어디서 왔는지.
나는 모릅니다. 어디로 가는지.

다만, 고통을 느낄 때 우리가 말할 수 있는 것은 '희망'이라는 것을 '36도 5부'를 통해 배웠습니다.

『36도 5부』에서 아주 편안한, 호흡 냄새가 난다.[5]

―『수필세계』여름

---

1) 남경숙 사진집 『36도 5부』, 다빈치, 2008, p.16
2) 앞의 책.
3) 문정희 「집이야기」(『나는 문이다』, 문학에디션 뿔, 2007, p.36)
4) 남경숙 사진집 『36도 5부』, 다빈치, 2008, p.64
5) 앞의 책, 작가노트 중에서.

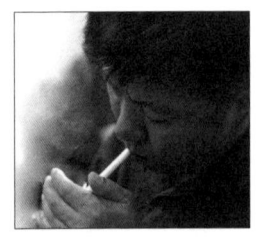

2007년 동양일보 신인문학상.

초평

　사람이라는 존재를 생각하면 참으로 신비스럽다. 아마도 삶과 죽음이라는 것에 대해서 이렇게 섬세하게 생각할 줄 아는 존재는 이 지구상에는 인간밖에는 없을 것이다. 돌고래들도 그들의 초음파 언어로 많은 것을 생각하는 존재일 것이다. 그들은 장례식까지도 치를 줄 아는 고등동물로 알려져 있다. 그러나 그들도 인간처럼 삶이라는 문제를 이렇게 심오하게 생각해 보지는 못했을 것이다.
　하나의 사진이 눈앞을 딱 가로막고 선다. 이것은 앞으로 이야기되려는 것이 너무나 심각한 것임을 아무말 없이 웅변해준다. 우리는 문을 가로질러 이곳으로 왔고 또 가로질러 저곳으로 가야 한다. 이 문제를 이 글은 이야기한다.

불안과 나는 한통속

정경희

　해질 녘, 두물머리. 기우는 해가 수면 위에 남긴 저녁 햇살의 잔영을 바라보며 하루를 되돌아보는 시간. 산도 들녘도 연밭도 나무들도 길도 비어 있다. 하루치의 고단한 몸과 마음을 잔잔한 물결에 띄워 놓고 긴 한숨을 내뱉는, 부산함과 소란이 멈추는 영화 속 정지화면 같은 이 시간이 좋다.
　천천히 고개를 돌려 본다. 호수는 바람 한 점 없이 고요하다가도 잔물결이 일렁인다. 나 여기 있다, 잠깐 바람이 몸짓으로 기척하는 것이다. 그러고는 휑허케 사라진다. 사백 년 동안 세찬 비바람에도 묵묵히 남한강과 북한강의 두 물을 지켜 온 느티나무 가지 사이로. 내 몸속 깊숙이 웅크리고 있던 불안이 슬그머니 고개를 내민다.
　생각해 보면 나를 강하게 키운 건 구할이 불안이다. 나는 한시도 불안과 떨어져 있어 본 적이 없는 것 같다. 내가 깔깔거릴 때조차 내 곁엔 어느새 불안이 다가와 살포시 목덜미에 손을 얹는다. 처음엔 선뜩했던 손길이 언젠가부터 따스하게 느껴졌다. 나도 모르게 불안과 나 사이엔 애증이 깃든 모양이다. 이젠 그 누구라도 그 무엇으로라도 떼려야 뗄 수 없는 간곡한 비밀이 생겨 버린 것일까.

불안과 내가 처음 만난 건 중학교 1학년 때였다. 나는 납부금을 못 내서 날마다 조회 시간과 종례 시간에는 심장이 콩닥거렸다. 궁지에 몰린 생쥐처럼 두려움에 떨었다. 담임선생님은 나를 불러 세우고 책임감이 없다고 다그쳤다. 그 후 선생님들은 물론 친구들과 눈을 마주치게 될까 봐 갈팡질팡, 자라목이 되어 고개를 숙이고 다녔다. 아마도 그쯤이었을 거다. 불안이 내 몸속에 짐승처럼 웅크리고 자리 잡기 시작한 것은. 그때부터 불안은 나를 조종하기도 하고 방관하기도 했다. 잘못했을 땐 질책을 하기도 하고 잘했을 때에도 무언의 눈빛으로 격려를 해주었다. 그 무언의 눈빛은 경계심을 풀지 말라는 경고다. 그렇게 피붙이처럼 지내는 동안 불안과 나는 서로의 잘못도 실수도 보듬을 수 있고, 기쁨과 슬픔을 함께하게 된 것이다.

처음에 불안의 형상은 별 모양이거나 다각형이었다. 뾰족한 각으로 내 옆구리를 쿡쿡 찔렀다. 그 불안에게 찔리면 오랫동안 우울하거나 비참하고 허방다리를 짚는 느낌이다. 그러나 어느 순간 별 모양의 불안이 내 옆구리를 찔러도 아프지 않게 되었다. 나와 함께 부대끼는 동안 불안의 형상은 아마도 거제 몽돌만큼이나 맨질맨질 무던해진 것일 게다. 불안에게 훈장을 달아 주고 싶다. 나는 불안이 없는 상황이 두렵다. 살아오는 동안 크고 작은 풍파가 나를 어지간히 단단하게 만든 이유도 있겠지만 무엇보다 내가 누리는 행복이 얼마 못 가 먼지가 되어 공중에 흩어질 것이라는 부정적인 생각이 먼저여서일 게다. 그래서 불안이 훼방 놓는 것과 팽팽한 긴장이 싫지 않다.

내 불안은 둥지가 없다. 머리 누일 곳 없는 이 삭막한 도심 속에서 여리디여린 불안은 떠다닌다. 불안도 하마 지쳤을 게다. 앙상한 불안의 뼈가 보인다. 불안은 평안으로부터 소외받은 자의 다른 이름이고 기쁨으로부터 추방당한 자의 마음이고 위로받을 곳 없는 가엾은 자의 얼굴이 아닐까. 나와 함께 36년을 동거해 온 불안의 등을 어루만져 주고 싶다. 이제 그 불안에게 겨울잠을 잘 둥지를 마련해 주고 싶다. 마음씨 좋은 까치라도 만난다면 고 작은 부리로 가지를 물어다가 고단한 몸 하나 누일 보금자리를 지어 줄까.

불안의 둥지로는 어디가 좋을까. 우선 사람의 발길이 적을 것, 아예 발길이 없는 곳은 피하고 싶다. 왜냐하면 불안도 외로움을 타니까. 외로움이 깊으면 병도 깊은 법. 살랑바람은 둥지 안에 깃들고 찬바람은 비껴가는 곳, 햇볕은 한나절 동안 비치는 곳, 새들의 노래를 들을 수 있는 곳, 잔물결이 4분의 3박자 왈츠처럼 잔잔한 곳, 인공적으로 만들어 놓지 않은 곳, 내가 가끔 들여다볼 수 있도록 도심에서 그다지 멀지 않은 곳.

최적의 장소로 이곳 두물머리를 꼽는다. 사백 년 세월에도 꿋꿋이 버텨낸 느티나무 우듬지가 안전하겠지. 아니다. 느티나무는 군데군데 가지가 잘려 나가고 둘레가 큰 둥치 속은 시멘트로 메워져 있다. 거기에다 내 불안의 무게까지 짐 지울 수는 없다. 그러면 황포돛은 내린 채 옻칠도 벗겨지고 사람들이 자취를 새긴 거룻배에 들어앉힐까? 아니다. 붙박인 거룻배에 사람들이 심심찮게 들어와 앉았다 가고 사진도 찍으면 번거롭다. 그들을 주거침입죄로 고소할 수도 없고, '여기는 불안이 사는 방이므로 출입을 금합니다.' 팻말을 붙일 수도 없고.

어디 마땅한 곳이 없을까. 옳지, 저기 Y자로 비스듬히 선 고사목이 제격이다. 좌우대칭이 안 맞아 자세가 불안정하긴 해도 입성이 꾀죄죄해 만져 보는 사람이 많지 않을 것이어서 불안이 혼자 고즈넉하게 지내기에 좋다. 나 또한, 바람에게 몸을 내어준 후 실처럼 세밀한 무늬를 간직한 이 고사목에게 짠한 마음이 간다. 작은 옹이가 빠진 곳은 눈동자가 달려 있는 것 같다. 둥치는 작지만 이끼가 끼어 있어 그 내력에 감히 함부로 할 수는 없다.

그 안을 들여다보니 나무의 심재가 빠져 가운데는 텅 비어 있다. 불안은 비어 있는 공간을 좋아한다. 낮에는 햇살 몇 가닥이 따스한 위로처럼 구멍 안을 비추겠다. 사람들이 버리고 간 쓰레기들이 흉하지만 비집고 올라온 마른 강아지풀이 주인 행세를 한다. 밤에는 별빛을 한가득 둥지에 들이고 달빛 이불을 덮고 포근한 잠을 청하겠지. 어느 따뜻한 겨울날은 사람들로 붐비겠지만 불안은 이 보금자리에 숨죽은 듯 잠자다가 모두의 발걸음이 사라진 뒤에는 일곱 뼘쯤 되는 낮은 담장을 따라 산책을 하겠지. 그때 보름달이 함께 걸어 준다면 고단함도 일시에 날아가겠지.

이제 불안은 해 뜰 무렵에는 물 위에 비치는 햇살 따라 반짝이고 해질 녘에는 수면을 가르며 사이좋게 둥지로 돌아가는 물오리 가족의 꽁무니를 따라가며 하루를 되돌아보리. 길가에 흘린 사람들의 웃음과 길게 뱉고 간 한숨과 남 몰래 떨어뜨린 눈물을 모두 뭉뚱그려 두물머리 물에 흔적 없이 사라지게 하리.

불안과 나는 여전히 한통속이다. 나는 불안이라는 짐승 한 마리를 계속 키울 것이다. 실은 그 짐승이 나를 여태껏 길러 왔고 앞으로도 돌봐 줄 것을 믿는다. 나는 그 불안에 사육당하는 게 즐겁다. 그로써 난 세상과 두려움과 맞짱뜰 수 있을 테니까.

두물머리에 어스름이 내린다. 마주 보이는 귀여리 들녘의 농가에 불이 켜진다. 족자섬을 향하여 날아가는 새들의 저녁 노래를 들으며, 연밭에 떠도는 마른 연잎 향기를 물어다 주는 바람을 벗 삼아, 붕어의 자맥질 소리로 활력을 얻고, 시린 등을 데워 주는 착한 햇볕을 업고 갈대의 마른 노래를 베고…….

불안은 또 한 계절을 건너가겠다.

—『한국신문』 11호

2004년 부산일보 신춘문예, 2005년 『에세이문학』 등단.

촌평

불안은 인간의 가장 근본적인 존재 조건 가운데 하나다. 왜냐. 생명은 언제든 생명 아닌 것으로 변모할 수 있기 때문이다. 사람이 나서 살아가는 것은 깊은 바다 위에 떠 있는 부유하는 물건과 같다. 고장이 나면 표류하다 가라앉게 마련인 배다. 하지만 그 배는 살아 있는 동안은 부지런히 생각하고 즐기고 기뻐한다.

두 가지 인간형이 있다. 꽃이 피어 있는 것을 보고 그 꽃의 아름다움을 말하는 사람과 저 꽃도 조금 있으면 저버리겠지 하고 말하는 인간. 불안을 안고 살아가는 사람은 후자에 가까운 사람이다. 그러나 그런 사람들이 있다. 불안과 함께 살아가는 사람.

노을이 지던 날

고윤자

봄비인가 겨울비인가. 바깥 날씨는 영하를 맴도는데 봄은 예고 없이 찾아오는 손님처럼 그렇게 들이닥친다. 하기야 순서가 무슨 문제이겠는가. 비가 먼저 내리고 봄은 그 뒤를 따르려나보다.

작년 이맘때는 동백꽃, 감자난초, 금낭화가 동시에 꽃을 터뜨리는 바람에 진공처럼 적막하던 우리 집이 모처럼의 표정을 가져 보았다.

예사롭지 않음을 예고하기 위함이던가. 한 치 앞도 내다보지 못하는 어리석은 우리들은 꽃이 피는 것만을 마냥 즐거워했다. 마치 한꺼번에 터뜨리는 기자들의 플래시처럼, 밤하늘에 멍멸하는 별무리처럼 눈이 부시도록 함께 달려들었다. 작년 그 날엔 절기를 가늠하지 못하도록 큰 장대비가 쏟아졌다. 그리고 그 비는 내가 가장 사랑하는 사람을 보쌈 하듯이 휘말아 데려가 버렸다.

그가 간 날, 그날도 그랬고 지금도 똑같이 비가 내리고 있다. 축축한 날씨 때문인지 슬픔은 가슴 속으로 익숙하게 파고들고, 그 날과

똑같은 크기로 통증이 가슴 한복판을 밀고 들어온다. 누가 그랬던가, 사랑의 추억은 신경통과 같아서 비만 오면 도진다고.

세찬 빗줄기 사이를 뚫고 핏빛으로 물든 그날의 내 울음소리가 아직도 귀에 쟁쟁하다. 땅을 치고 몸을 흔들어 보며 죽음을 인정하고 싶지 않아 허공에 그려대던 나의 헛손질이 가없이 막막하다. 그날의 뜨거운 전율 같은 슬픔이 내 몸을 휩싸듯 훑고 지나가 버린다.

울음은 여유로운 사람의 기나긴 노래다. 가슴 속 깊은 곳에서부터 차오르는 슬픔은 차곡차곡 내 숨을 닫아 버리더니 짧은 순간 나를 질식시키며 덮쳐온다.

사고 소식을 전해들은 것은 운명한 지 서너 시간이나 지난 후였다. 벌써 사체를 수습해서인지 교통사고로 인한 고통스런 흔적과 사건의 처절함을 증명해 줄 핏자국은 전혀 남아 있지 않았다. 눈앞이 흐려오고 나를 지탱해 주고 있던 질긴 정신력은 잠시 자리를 비운 것 같았다. 세상에, 이럴 수도 있나…… 정말 인정할 수 없어 소리조차 내질러지지 않았다.

묘지가 있는 곳도 아닌데 굳이 구룡포 앞 바다로 가기로 했다. 특별히 강의가 없는 날이면 그는 늘 그곳에 파묻혀 살았다. 바다를 좋아하던 그는 해변 가에 작은 아파트를 준비해 놓고 창밖에 이웃하고 있는 갈매기와 파도소리를 사랑하며 살았다. 끝없이 주고도 말이 없는 바다와, 한없이 자유로운 갯바람과, 무한대로 펼쳐진 흰 모래 벌판이 좋았을 것이다. 한 고비 넘기면 또 한 고비가 다가오고 무수히 달려오다 깨지는 파도를 보고 인생의 의미를 다시 새기려 했는지도 모른다. 슬플 때도 기쁠 때도 그는 어머니 품처럼 바다로 달려가 안겼다.

　모래위에다 자루 속의 물건들을 차례로 펼쳐 놓았다. '누구누구의 유품'이라고 병원에서 싸 보낸 물건들이다. 어제 그가 평소에 즐겨 앉아 있던 안락의자 위에서 하룻밤을 보내고, 오늘은 좋아하던 바다로 나들이 나온 셈이다. 피 묻은 손지갑, 벨트, 넥타이, 찢겨진 양말 위에 석유가 뿌려졌다. 바람은 아직 차고 매섭다. 불꽃은 일렁일렁 바람을 타고 잘도 달린다. 검은 색, 붉은 색으로 너울너울 춤추는 불길과 눈물인지 빗물인지 모를 액체와, 비명처럼 들리는 파도와 바람 소리가 한데 어울려 울부짖듯 흔들거렸다.

　검은 색 꽃잎처럼 흩날리는 그의 넋 위에 마지막 옷 몇 점을 더 던져 넣는다. 다시 석유를 붓는다. '타타탁 타타탁' 소리를 내면서 불꽃은 슬픈 듯이 다시 이리저리 흔들린다. 아무 말도 못하고 떠날 수밖에 없는 그가 우리들에 대해 여러 가지 남은 얘기를 하고 싶어 하는 것 같다. 검게 타버린 그의 분신처럼 안타까운 그의 마음을 드러내 보이고 있는지도 모른다. 때론 격정적으로 얘기하기도 하고, 때론 힘이 부치는 듯 작은 소리로 속삭이는 것 같기도 하다. 잠시 침묵처럼 긴 정적이 흐른다.

　그의 영혼이 갈 길을 찾았는가.

　하얀 물새가 우리의 머리 위를 몇 번씩 선회하다가 수평선 저쪽의 바다 끝으로 날아가 버린다. 나비가 유충으로 태어나 껍질을 벗어 던지듯, 그가 일생을 힘겹게 마치고 기화해 버리는 순간이다. 그는 이제 인생의 무게 같은 것은 느끼지 않아도 좋다.

　그를 혼자 남겨놓고 가도 되겠지. 바다가 곁에 있으니까.

외롭지도 않을 거야. 흰 모래 위에 가득히 새겨진 우리들과의 추억이 있으니까.

어느덧 수평선 지 너머로 붉은 노을이 내리고 있다.

—『월간에세이』 8월

2006년 『수필문학』으로 등단. 2009년 제37회 약사문학상 수상.

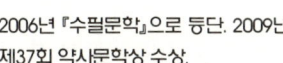

사랑하는 남편이 교통사고로 세상을 떠났다. 그는 바다를 좋아해 그곳에 푹 파묻혀 살았다. 화자는 그 바닷가에서 남편의 유품을 태운다. 전율 같은 슬픔이 파도처럼 밀려온다. 비, 바다, 파도소리, 모래, 검은 연기, 붉은 불꽃, 수평선, 노을 등의 이미지가 그 어떤 진술보다 화자의 슬픔을 잘 드러내고 있다.

마을 주막집

김기동

　무섭고도 으스스한 하고개를 넘으면 6·25전쟁 때 진수 아버지와 함께 다섯 명이 집단 학살을 당한 모퉁이가 나온다. 마을 입구로부터 불과 백 미터도 안 되지만 그때 이후 그곳은 너무나 무서운 곳이 되어 그리로 걸어 다닐 수가 없었다. 그러나 버스를 타고 다닐 만큼의 경제력이 절대 부족한 마을 사람들은 부득불 그 앞을 지나야 했다.
　읍내로부터 불과 십 리밖에는 안 되지만 마을 사람들은 하고개와 진수 아버지가 학살된 그 장소를 피하기 위하여 고민해야 했다. 버스를 타고 싶은 마음은 누구나 같지만 돈을 아끼려 하거나 아예 없어서 포기해야 했다. 아마 버스 값을 아끼려는 마음 고생은 버스 값의 몇 배에 이를 것이다.
　등에 땀을 흘리면서 그 앞을 지나가면 마을 입구에 당시 수령이 육백 년이 넘는다는 느티나무가 있고, 그 나무 역시 그동안에 벼락을 몇 번을 맞았는지 상처가 흉측했다. 그 나무 아래로 주막집이 두

채 있는데 한 채는 거의 옹팍집으로 마을의 유일한 술집이었다. 겨울이 되면 술꾼들이 제법 찾아온다는 곳이기도 하다. 그런데 느닷없이 술집에 술 파는 아가씨를 데려다 놓았다는 소문이 사랑방에 알려졌다. 사랑방은 술렁였다.

우리 동네는 학교에 대한 관심이 없어서 청소년들이 대개 소학교에도 들어가지 못했고, 나보다 서너 살 더 먹어 갓 소년기를 벗어난 청년 두세 명과 나보다 한 살 아래 되는 어린 소년까지 늘 사랑방에서 법석대곤 했다. 사랑방이 워낙 커서 밤에 잠을 잘 때는 칠팔 명이 함께 지냈다.

술집에 데려다 놓은 아가씨의 이름은 '보익이' 라고 했는데, 어쨌든 도회에서 놀다 온 아가씨라 하여 멋도 부릴 줄 알고 사람들을 녹여 놓을 만한 미모도 있다고 했다. 한두 사람이 그곳에 다녀온 후 사랑방에서는 거의 밤마다 보익이에 관한 이야기로 꽃을 피웠다.

나는 본래 술을 먹지 않지만, 술을 아예 입에 대지 않기로 결심한 탓이어서 술집에 관한 이야기에는 관심을 두려고 하지 않았다. 그러나 어린 친구들도 청년들을 쫓아가 함께 술을 마시고 왔다고 하면서 보익이에게 반한 이야기를 하니까 나도 무척 가 보고 싶었다. 친구들이 가 보자고 하기에 못 이기는 척하고 따라갔다.

어른들이 한 차례 놀다 간 자리여서 어수선했지만 사랑방보다는 오히려 깨끗한 듯싶었다. 함께 간 친구들은 본래 술을 잘 먹는 사람들이어서 돈이야 어찌되든지 보익이 아가씨의 눈길을 사로잡기 위하여 술을 거듭 요청하여 마셨다. 보익이 아가씨가 서울 말씨로 말하는 것이 더욱 반하게 하니 함께 간 청소년들을 정말로 녹여내는 듯했다. 그리고 유행가를 내뽑으니 한두 사람은 보익이 아가씨의 목청을 따라 함께 불렀으나 나머지는 아무도 그 노래를 몰라서 그냥 술만 마셨다.

내가 술을 먹지 못하는 것을 알고는 보익이 아가씨가 말을 걸었다. "왜 저 동생은 술잔을 안 받니?" 하기에 나는 본래 술을 먹지 못한다고 손을 내저었지만 보익이 아가씨는 오히려 유혹을 했다. 나는 병드신 아버지께서 헐떡이실 것을 생각하면서 매우 조심하려는데, 보익이 아가씨의 눈에는 내 말씨 때문에 내가 아주 시골 사람 같지가 않아 보였는지, 또는 정말로 동생같이 여겨져서 누가 생각이 나서인지 나를 아예 유혹하듯 내 곁으로 옮겨 앉아서 더 가까이하고 싶어 하는 듯했다. 그것을 눈치 챈 청년들이 "그 애는 놔둬. 공부밖에 모르는 공부 타령하는 애라고" 하며 소리를 질렀다. 그리고 누가 먼저랄 것도 없이 유행가를 불러 대자 그 노래를 거의 모두가 따라했다. 담배 연기가 좁은 방안에 자욱하여 공기가 탁했다.

얼마간 시간이 지났을 무렵, 동네 나이 든 청년들이 문을 활짝 열고 방 안을 들여다보더니 꾸중을 했다. "야, 이놈들, 너희들 여기서 뭣들 하는 거냐?" 하므로 모두 기겁을 하고는 밖으로 뛰쳐나왔다.

누가 그날 밤 술값을 지불했는지는 모르지만 나는 그 술집에서 그 청년들에게 얼굴 들킨 것을 몹시 후회했다. 그들은 나를 몹시 착실하다고 여겨 늘 칭찬해 주던 동네 형들이다. 그런데 나는 그들에게 몹쓸 자리에서 몹쓸 모습을 보여 준 것이다. 그날 사랑방에 돌아와 잠을 청했지만 '내가 왜 그 술집에 따라갔을까? 무엇이 씌웠을까?' 참으로 억울하고, 그 소문이 내가 일하는 집 할아버지와 그 집 막내

딸인 내 의누나에게 알려질까 봐 걱정하는 동안에 잠이 들었다가 깨어났다.

다음날에도 사랑방에는 전날처럼 청소년들이 모여들었다. 그러더니 갑자기 어제 그 술집에서 보익이 아가씨가 부르던 유행가 가사를 적은 쪽지를 꺼내들고 노래를 부르기 시작하더니, 너나 할 것 없이 그 노래에 아예 취해 버린 듯했다. 그리고 보익이 아가씨의 보조개가 예쁘더라는 등 수없이 많은 말들을 내놓으면서 어제의 일을 이야기했다. 그리고 매일 밤마다 유행가를 배우느라 긴 밤이 가는 줄도 모르고 불러 댔다. 사랑방은 갑자기 새로운 분위기로 바뀌어서 서로가 노래를 잘 부르려고 애쓰는 모습들이었는데, 마치 보익이 아가씨에게 혼을 모두 빼앗긴 사람들 같았다.

나는 오히려 그날 밤에 있었던 일을 잊으려고 애썼으나 나 역시 그날 밤 등잔 불빛에 보조개가 깊숙한 그 젊은 여인의 모습이 예뻐 보이기도 하고, 수많은 시골 청소년들 사이에 끼어 앉아 유행가를 부르는 모습이 가련하게도 느껴졌다. 그러면서도 왠지 또 보고 싶은 인상처럼 느껴져 내 어린 가슴에도 무엇인지 모를 유혹이 침범하는 것 같았다.

한 달 후쯤 보익이 아가씨는 우리 마을을 떠나 어디론가 갔다 하니 몹시 서운한 마음까지 들었다. 그러고서도 문득문득 어디선가 그녀를 또 한 번 볼 것만 같은 생각이 내 마음을 건드렸다. 육십 년이나 지난 오늘까지도 보익이 아가씨의 보조개 파인 얼굴이 등잔불에 비치는 것 같은 생각이 스쳐가곤 한다.

—『한국수필』1월

목사. 수필가. 시인. 현, 서울성락교회 원로감독.

촌평

시골 주막에서 마을 청년들이 벌이는 청춘 사랑기. 주막은 마을 청년들이 거치는 성년입문 교실로 그려진다. 작가의 사회적 명성을 떠나 가난하지만 풋풋했던 가슴에 새겨진 일화를 남성 수필에서 찾기 어려운 서정 문체로 그리고 있다. 주막 아가씨 보익이가 설화적 여성으로 보이는 건 순정이 사라진 세태 탓일 것이다.

작가와 작품출전

강기석

2005년 계간『수필세계』로 등단. 2006, 2009년 교원문학상 가작, 2008, 2011년 공무원문예대전 행정안전부장관상 등 수상. 현 상모초등학교장, 수필세계작가회장

고윤자

2006년『수필문학』으로 등단. 2009년 제37회 약사문학상 수상.

곽흥렬

1991년『수필문학』으로 등단. 교원문학상, 중봉 조헌문학상, 흑구문학상 젊은작가상 등 수상. 도서출판 북랜드의 편집주간 겸 계간『문장』편집장.

구 활

1984년 『현대문학』 11월호 등단. 현대수필문학상, 대구문학상, 금복문화예술상, 원종린문학대상, 대구광역시 문화상(문학부문) 등 수상. 전 매일신문 문화부장 논설위원.

권신자

2009년 『에세이스트』로 등단.

김기동(金箕東)

목사, 수필가, 시인. 1997년 등단. 1997년 한국문학예술상, 2004년 22회 한국수필문학상, 2012년 한국문학백년상 등 수상. 현 서울성락교회 원로감독, 학교법인 베뢰아카데미학원 이사장.

김애양

1998년 『책과 인생』 등단. 제4회 남촌 문학상 수상. 은혜산부인과 원장.

김영자

2012년 『창작수필』 가을 등단.

김은주

계간 『수필세계』, 2007년 부산일보, 전북일보 신춘문예로 등단. 2005년 평사리토지문학 수필대상, 제1회 매원문학상 수상. 현, 김은

주수제강정 운영.

김정화

2006년 『수필과비평』으로 등단. 제3회 천강문학상, 제19회 부산문학상 우수상 수상. 월간 『문학도시』 편집장.

김지수

1996년 『창작수필』 겨울호 등단. 제 6회 창수 문학상 수상.

남태희

2008년 『수필문학』 등단.

노정숙

2000년 『현대수필』 봄호로 등단. 2012년 한국산문 작가상 수상. 『현대수필』 편집위원.

박정희

2003년 『창작수필』 「싸리문」으로 등단.

박종철

1991년 『수필문학』 1월호 등단.

박헬레나(본명 : 박영자)

2004년 『에세이문학』, 2008년 부산일보 신춘문예로 등단. 한국불교문학 신인상, 대구시문예대전 대상 수상.

반숙자

『한국수필』,『현대문학』등단. 현대수필문학상, 자유문학상, 제1회 월간문학동리상, 충북문학상, 동포상 등 수상. 현 음성예총창작교실 강사, 대소주민자치센타 수필교실 강사.

백남오

2004년『서정시학』등단. 경남대학교 한마공로상 수상. 서정시학회 회장. 마산대학교 교양학부 교수.

성낙향

2009년 경남일보 신춘문예 수필당선,『에세이문학』으로 등단.

손하츄

1972년 조선일보 신춘문예 등단. 1995년 오영수문학상, 2012년 채만식 문학상 등 수상. 현 고려대학교 명예교수.

송혜영

2004년『현대수필』봄호 등단. 2008년, 2009년『에세이스트』올해의 작품상 수상.

신성원
1997년 KBS 공채 24기 아나운서 입사.

심선경
2002년 『수필과 비평』 등단. 제1회 수필문학상, 제16회 신곡문학상 수상.

왕 린
2008년 제40회 신사임당 문예대회 수필부문 수상, 2010년 『에세이문학』 등단.

윤남석
2007년 동양일보 신인문학상.

윤정혁
『에세이문학』 등단.

이고운(본명:이윤임)
2002년 개천문학 신인상 수상, 2004년 『계간수필』, 『월간문학』으로 등단. 현 순천대학교 대학원 문창과 재학 중.

이귀복
1991년 『수필문학』 등단. 현대수필문학상 수상.

이근화

2004년 『현대문학』으로 등단. 윤동주상 젊은작가상, 김준성문학상, 현대문학상 수상.

이기창

『한국수필』 등단. 제2회 백산 문학제 산문 우수상, 제3회 경북 문화체험 전국수필대전(대구일보사) 입상.

이완주

2004년 『한국수필』 신인상으로 등단. 2008년 조선일보 제1회 논픽션공모 대상 수상.

이은희

2004년 『월간문학』 등단. 2004년 제7회 동서커피문학상 대상, 2007년 제13회 제물포수필문학상, 2010년 제17회 충북수필문학상, 2012년 제17회 신곡문학상 본상 등 수상. 현 계간 『에세이포레』 편집위원, (주) 대원 상무이사 재직.

이혜연

1998년 『수필공원』(현 『에세이문학』)으로 등단. 현대수필문학상 수상. 현 수필문학진흥회 부회장, 『에세이문학』 편집위원.

임만빈

2006년 『에세이문학』을 통해 등단. 제 1회 보령의사수필문학상 은상, 제 1회 대한의사협회 수필공모 우수상 수상. 현 계명대학교 의과대학 신경외과 석좌교수.

장영숙

2011년 계간 『현대수필』 겨울호 등단. 현대수필편집위원, 서초수필편집위원, 안양문협 『안양문학』 편집위원.

전민(본명:전성순)

2005년 『에세이문학』 등단.

정경희

2004년 부산일보 신춘문예 수필 당선, 2005년 『에세이문학』 등단. 현 『에세이문학』 주간.

정성화

2000년 『에세이문학』, 2003년 부산일보 신춘문예 수필부문 당선 등단. 2006년 제24회 현대수필문학상 수상.

조 헌

2006년 『수필춘추』 여름호 신인상 수상, 2011년 제4회 『한국산문』 문학상 수상.

조후미

2007년 『현대수필』 봄 호로 등단. 현 (주)인재숲 전임연구원, 한국읽기코칭협회 부회장.

최원현

『한국수필』로 수필 등단. 『조선문학』으로 문학평론 등단. 한국수필문학상, 동포문학상대상, 현대수필문학상, 구름카페문학상 수상. 『수필세계』, 『좋은문학』, 『건강과 생명』 편집위원. 한국수필창작문예원장.

하정아

1989년 『미주 크리스천 문학』 신인상, 1994년 『문학세계』 등단. 2005년 제3회 해외 수필 문학상, 2009년 제7회 미주 펜문학상, 2012년 제2회 고원문학상, 제8회 구름카페문학상 수상.

한경선

2001년 전북일보 신춘문예 수필 당선, 2003년 『수필과비평』 신인상 등단.

허창옥

1990년 『월간에세이』 등단. 우성약국 운영.

비평가가 뽑은
2013 한국의 좋은 수필

2013년 5월 10일 초판 1쇄 발행

박양근 · 방민호 · 신재기 편
펴 낸 이 · 김구슬
펴 낸 곳 · 서정시학
편집·교정 · 최진자
인   쇄 · 서정인쇄
주   소 · 서울시 성북구 동선동 1가 48 백옥빌딩 6층
전   화 · 02-928-7016
팩   스 · 02-922-7017
이 메 일 · poemq@dreamwiz.com
출판등록 · 209-07-99337

계좌번호 · 070101-04-038256

ISBN 978-89-98845-11-7   03810

값 12,000원
잘못된 책은 바꾸어 드립니다.